U0588114

·河 南 省 作 家 协 会 重 点 作 品 扶 持 项 目·

坐在阴影下

青 年 作 家 文 丛

牛 冲 著

郑州大学出版社

河南文艺出版社

图书在版编目（CIP）数据

坐在阴影下／牛冲著. —郑州：郑州大学出版社：河南文艺出版社，2021.1（2024.6 重印）
（青年作家文丛）
ISBN 978-7-5645-7568-7

Ⅰ. ①坐… Ⅱ. ①牛… Ⅲ. ①诗集 - 中国 - 当代 Ⅳ. ①I227

中国版本图书馆 CIP 数据核字（2020）第 231094 号

坐在阴影下
ZUO ZAI YINYING XIA

策　　划	孙保营　马　达	封面设计	小　花
责任编辑	刘晓晓　张馨月	版式设计	小　花
责任校对	孙精精　陈　炜	责任印制	李瑞卿
丛书统筹	李勇军		

出　　版	郑州大学出版社　河南文艺出版社
发　　行	郑州大学出版社
地　　址	郑州市大学路 40 号（450052）
出 版 人	孙保营
网　　址	http://www.zzup.cn
发行电话	0371-66966070
经　　销	全国新华书店
印　　刷	山东华立印务有限公司
开　　本	890 mm×1 240 mm　1／32
印　　张	8.375
字　　数	164 千字
版　　次	2021 年 1 月第 1 版
印　　次	2024 年 6 月第 2 次印刷

书　　号	ISBN 978-7-5645-7568-7	定　　价	68.00 元

本书如有印装质量问题,请与本社联系调换。

编委会

主　　任　邵　丽

副 主 任　何　弘　乔　叶

委　　员　刘先琴　冯　杰　墨　白　鱼　禾

　　　　　　杨晓敏　廖华歌　韩　达　南飞雁

　　　　　　单占生　李静宜　王安琪　姬　盼

低下头来，我有话要附耳低
语:我为一切而感恩……

——布罗茨基《罗马哀诗》

谨以此诗集献给 XFF

献给往日的花环

序 一

诗人牛冲:"一波一波测量痛苦的重量"

钱文亮

去年因拾壹月诗社明伟兄的邀请,我在郑州第一次见到诗名惊艳的牛冲小友,一位河南诗坛的后起之秀。在诗社"拾壹月论坛"活动期间,牛冲与会务组治娟、小杨等忙前忙后,将一应事务打理得井井有条,使得与会朋友度过了一段轻松愉快而又认真有质量的诗歌生活,给我留下了深刻印象,也改变了我早年对90后年轻人的肤浅认识。

就是在活动期间的《烛光诗朗诵》节目中,我有点好奇地读到了牛冲的诗作,匆匆读后的感觉是:和我多年所接触的学院中的年轻人的风格颇不相同。

至于如何不同,当时我心中并不清晰。

前些时候,因为忽然收到牛冲发来的诗集《坐在阴影下》的电子稿,并被约为之作序,我对他的诗歌有了更深的了解。实际上,早在十多年前,90后诗人"小荷才露尖尖角"的时候,我就曾有过关注和评论,现在再读牛冲这个1991年出生且来自我的老家河南的年轻诗人的诗集,倒是有了别样的好奇与激动。

　　对牛冲诗集的阅读我基本是从前往后进行的。我首先读到了牛冲的个人简介，结果发现除了单纯的诗歌成绩，牛冲还在公益活动等方面颇有贡献。这种60后诗人少有的青春经历让我一下子感觉到了时代的不同。接下来我读到了牛冲特意放在前面的"后记"——其实是牛冲本人的微型个人传记，相当于一个90后青年诗人与众不同的成长史，在其中不难看到一个90后年轻人出生后所面对的中国社会的真实状况，那种多元性的生活方式、文化观念在带来活力与希望的同时，也导致了复杂和残酷。所以，对于我这样一个从单纯的计划经济社会长大并在80年代上大学的60后来说，当我看到牛冲说自己在大学毕业后"直接成为这些底层人士中的一员"，还是不免有点惊讶。在这一点上，我应该感谢牛冲，使得我在多年书斋生活之外，认识了更丰富、更真实的中国，也发现了媒体舆论所制造的整体概念之外的具体、多样而鲜活的90后人生。这也使得后面我在阅读牛冲书写底层的诗歌时，有了更多的理解与感受。

　　于是，我想首先说说诗集中"人物志"一辑。这一辑可以看作是牛冲离开校园、初入社会的"血泪史"，也是其充满不适、屈辱、疼痛、愤怒、悲悯以及荒诞、麻木感觉的"成熟史"。其中的《农民的儿子》折射了城乡二元社会对农民及其子女的不公、伤害与冷暴力；《底层人》《屌丝》《巨人》

《贴瓷工》《报工》《搬运工》《抽着烟的师傅》《工厂里的女人》《小贩》等直面城市化、商品化的残酷竞争带来的新的阶级分化、贫富对立，以切身的体验、富于个性的生活细节与场景，为变动时代沦为城市底层的农民工的艰辛、苦难和不幸命运留下了一幅幅真实的剪影；而《上班族》《社会学初学者（组诗）》《女人（组诗）》《售楼小姐》《公关小姐》等则以魔幻与写实相结合的笔法勾勒了夹杂着太多欲望的时代的暧昧性；另外几首诗，则触及了年轻人在现代工作体制中被异化或物化的痛苦，其中的《25岁》如此写道：

> 再次见到我的时候是在一个格子办公桌旁，
> 文件夹、茶杯、鼠标垫、旋转椅，
> 远离坏天气和令人生厌的昨天。
> 人倒挂在衬衫和领带内，像
> 生气的闹钟，每天都和一群人一起，
> 按时打卡、吃饭、QQ互通消息，
> 总之，为了钱什么都干。

此诗堪称"青春残酷物语"，不禁令人联想起诗人穆旦的《还原作用》。而《文员》里的感伤应该也是身处现代物化处境中青年人的普遍心理："她希望远方能近一点，每每想到此刻，她／总是泪流满面。"

读牛冲的这些诗，确实会让人对90后及其所身处社会环境的赤裸欲望、残酷竞争和拜金主义有更切实的感受与认识。在阿甘本的意义上，可以说牛冲是"一个坚守他对自身时代之凝视"的当代诗人。

早年在社会打拼的经历，显然给牛冲留下了惨痛的创伤记忆，即使在他事业有成、倾心于诗歌之美的时候，依然久难忘怀："熬夜追捕黄金的倒影，和一片 / 雪花达成短暂的默契"；"我该如何面对过去，敌对的猛虎 / 正啖下傍晚的霞光 /……/ 一只乌鸦旋转它的羽毛，从它的眼睛中 / 我看到，一片历史的虚无"（《去旧》）；"浪花的抵抗终归虚无，一朵朵 / 低垂的阴影，像一个个美丽的句号"（《听雨》）。在牛冲的诗中，这种具体而有来源的生命诗意往往越过修辞的表层，直抵人性的深处，回旋着穿透现实的终极追问："从没有人告诉我们，我们是谁 / 谁是我们，我们的意义是什么"（《大概是一次本能的暴露——兼赠 WS》）；"夏风卷起我们干枯的沉默 / 焦虑，向谁诉说，谁会听"（《听雨》）。于是，虚无以及对虚无的警惕成为牛冲诗歌中的关键词，它们反复出现或者以"雪花"的意象飞舞在牛冲关于生命、自我与历史的感受和思考之中，令人自然地联想到大文豪苏轼"雪泥鸿爪"、人生无定的深沉感喟。而诗人牛冲作为一个 20 世纪的 90 后青年，却又另具长远的历史视野和诗歌手艺传承人的身份认同，对自我有着冷静而达观的分析与认知，并因此确立了新的人生与价值：

我创造我,我的空虚、恐惧、短暂的一生
我消费我身上的笛声,暴击拆开的音节
我拒绝使我变化的镜子,远离虚无滋长的宝座

这意味着,我正在击溃我的整体,词语
从远处走来,寻找马格利特的"水"
为了创造一个别致的句子,我筋疲力尽

我无数次地阅读,我的局部、悲哀,我的碎片
我使得我增长的见识枯萎,使得虚构的生命坠落
我始终在巨大的循环中,遵循历史律令,看见我自己

——《白雪上的痕迹》

可以说,牛冲的诗歌即使是吟咏爱情、友谊等世俗情感,也往往伴随着对生命、存在、语言与历史的独特思考与领悟，这些因素无疑加强了牛冲诗歌硬朗而深刻的质地,使其远远超越了吟风弄月的狭隘眼界与浅薄趣味,趋于气象的宏大。而其中相当的篇幅针对资本现代性宰治下现代人生困境与异化、物化处境的反思与反讽,更是屡屡见出牛冲经由切身体验所发出的强大洞察力。有诗为证:

等价交换是时髦的象征,当我

不再为老板卖命,月光便从我的身体里
褪去了光晕,恐惧变成了额头上的细雪
常年服役将本能收入囊中,空白句子
捕获我的失语,当我向往林中的飞鸟
无形中的本能——立刻用一种本能
驱赶我进入牢笼

——《价值入口》

碎片不知道它在整体中的意义,
它融入行走、吃饭、做爱,
代表着全部生活的瞬间
…………
这宏大早已消失
我们的平庸开始变得无休无止
像正在陷入的沉默,
它空心、高大、无声无息,
像厚厚的尘土,覆盖了一切。

——《碎片》

我的孤独是一只鸟
它跃地而起

在道德和秋风中飞翔

可怕来自人流涌动的水

流到哪里

哪里便像岩石一样坚硬

——《孤独》

　　在同代人中，牛冲诗歌的视野是博大的，题材也是丰富的，正如他在《告别 2014》中所言："我今年 25 岁，/ 爱诗和远方，爱面朝大海，春暖花开，/ 却更爱眼前的苟且……"大概是因为这样的心志，牛冲的诗歌介入了现实生存的广大层面与角落，既有对亲情、爱情、友谊的真挚感受和咏叹，又有对社会各种弱势者的深厚同情，以及对飞黄腾达、飞扬跋扈者的克制描摹与嘲讽，数量之多堪称当代的"浮世绘"。同时，牛冲又能超越世俗的泥淖，带有俯身下瞰的悲悯视角，在变中看到不变，在偶然中见证永恒，这就使得他的诗歌经常闪现引发读者普遍共鸣而又饱含诗人独特发现的精彩诗句，远胜心灵鸡汤式的人云亦云。例如，在《春运》一诗中，虽然是中国人熟悉的题材，牛冲却巧妙地以白云作喻，传神地表达了无数人的命运感："天空中的白云 / 它们洁白、善良、奇形怪状 / 但是总飘忽不定"；在《一本书与展览》一诗中，牛冲则如此概括某种时代风光下的痼疾："盛世之下 / 你我皆是草民"。这些皆非不谙世事者所能洞察。

　　从诗艺的角度看，牛冲已经掌握了各种娴熟地处理经验和想象的技巧，配以敏锐的感受力和语言魔术，年轻的诗人每每能够提炼出精警有力的诗句和丰满的生命感。不专注于一己的悲欢而能同情、理解身边亲人和远方无数人的命运，不凭高蹈的玄学而从无数件小事中生发诗意，90后诗人牛冲有情、有义、有胸怀。牛冲的诗歌充满生命的疼痛感，与生活"肉搏"过的真实感，毛茸茸的、不无沧桑的生命经验，是现代灵魂的语言表现，而非空洞的超验性、去物质化，因为，他经历过和广大土地上大多数人的命运血肉相连的严峻时刻，这些时刻赋予他的诗歌非同寻常的品质和光芒：

　　　　歌唱，命运的铁和词，今夜我必须
　　　　使用排比句，像海浪一样
　　　　一波一波测量痛苦的重量

　　　　　　　　　　　　　　　　　——《春节》

　　牛冲的诗歌是有根的诗歌，它生机勃勃，向着世界所有的方向开放，它已经结出硕果，必将向人间奉献来自神秘处的甘甜。

　　　　　　　　　　　　2020 年 5 月 31 日于上海

作者简介：

钱文亮,1965 年生,河南省罗山县人。2003 年获北京大学文学博士学位。现为上海大学文学院特聘教授,中国当代诗歌研究中心主任。

序二

走向内心，在最微妙的时刻

夏汉

关于写作，里尔克在《给年轻人的十个建议》里如此说："没有人能给你出主意，没有人能够帮助你，只有一个唯一的方法，请你走向内心。"同时，诗是你最深的情感，是你在最微妙的时刻所能回答的全部。我愿意从这个背景下谈论牛冲和他的写作。

1

记不得什么时候认识牛冲了，但有一个记忆很清晰，那便是，当时他给我留下了纯朴而诚恳的印象，知道他在省内乃至国内参加了很多以大学生为主体的诗人活动。有资料显示，还在大学期间他就建立了诗社。其后，担任了河南省高校文学社团联合会主席；论坛时代的黄昏期接管了河南高校文学网，使得网站注册量飙升到15000人。还和有关媒体为河南50多个社团出版社团专辑图书，组织省级大型文学活动，之后担任第五届中国90后作家联谊会副主

席。同时他积极参与组织全国的公益文学活动，积累了丰
富的公益文学服务经验；创办公益文学组织——元诗歌基
金，从 2013 年底开始，通过多种跨界合作，先后得到文化
界、企业界有关人士的帮助，设立有"元诗歌奖""元象诗歌
奖"等公益文学奖项，合作主办"龙子文学奖""文无青年小
说奖"等公益文学奖项，发起中国 90 后作家联谊会、河南
青年诗会，创办公益诗歌刊物《元素》，为全国校园诗人策
划出版诗集，为全国数百家文学社团制作社团刊物，推荐
和发掘了一大批年轻诗人、作家。通过跨界公益合作，探索
出一条自力更生的公益文学之路。作为一个大学生，其组
织才能愈加显现出来。

记得有一年，郑州大学的海鹰诗社邀请我给他们做一
个讲座，就是牛冲从中策划的，那是一个初秋的夜晚，十多
位同学聚在一个校园酒店的房间里，就诗歌的某个话题展
开讨论与对话。牛冲沉稳中带有一丝幽默的介绍，对我来
说有点外延扩散，而对于与会学生就会有一个深刻的印
象。这就为我接下来的谈论做了铺垫。之后的对话中，看得
出牛冲的诗学知识与言谈的丰富性，他首先提出一个颇为
复合的问题，好像是当下诗歌的书面语与口语之类的，我
谨慎地回答着，并因此引出更多的提问。现在回忆起来，牛
冲对同学们的激发与对我来说几乎是救场的回应都表现出
一种组织与主持天赋。自然，那次对话很成功，一直到深夜
结束，大家似乎意犹未尽。几年来郑州大学的多次沙龙活

动，也几乎都是在这样的氛围中展开的，自然，牛冲每次都
有出色的表现。

2

与其说我在意牛冲的诗歌活动，毋宁说我对其写作格
外关注。这皆缘于我一向把跟诗歌相关的活动看作一项事
业，而把写作看作诗人的立足之本。或者，相对于作者自身
的生活来说，诗歌也或许可以构成"暂避的港湾"。自然，牛
冲并未让人失望——不妨说，诗人在即将来临的未知的仿
佛黑夜的生活面前，依旧寻求着最微妙的时刻，这让其写
作呈现出一种不断的进取与纯粹。翻阅这本诗集，会看到
诗人从单纯的抒发与想象进入社会生活的底层描述，以及
对古典历史与人物的省思，同时，对于语言有着自己的感
悟与见识——能够感觉出其写作不断地在沉淀中拓展，这
让我们看见了一个诗人书写的多维空间与诗意的渐趋智性
挖掘以及语言的多重景致。

记得多多曾经说过，现代诗的根本就在于抒情，这是诗
的本质属性。翻开牛冲的这类作品，我颇为欣慰，因为他在
写作之初就落脚于诗的本然元素的反刍之中。当然，他的
早期作品流于一种清浅的抒发与简单的意象结构中，也存
在某些激情与想象的空泛，正如里尔克所说，年轻诗人"期
待着良好而丰盛的时间的赠品"——是的，随着年龄的增长

与阅历的叠加，其情愫将会融入思想的深刻与诗的智慧沉淀，正如他在《去旧》这首诗里所写的："黑暗褪去一层皮后，我知道 / 今夜，无心于睡眠的水鸟 / 将用它宽阔的喙啄破体内的副词 // 熬夜追捕黄金的倒影，和一片 / 雪花达成短暂的默契 / 这些都远不及胸腔内的群山 / 它们萧瑟，连绵起伏 / 每当我独坐祖国的一块土地之上 / 孤独便如凋谢的花朵，一场盛宴 / 在我的梦中潜伏，狠狠嵌入生活的阴影之中 // 我该如何面对过去，敌对的猛虎 / 正啖下傍晚的霞光 / 最后一片枫叶正吞咽整个秋天 / 我们的言辞开始向下坠落，结冰 / 一只乌鸦旋转它的羽毛，从它的眼睛中 / 我看到，一片历史的虚无"。这里既有一位年轻诗人面对生活的"兴奋与慌张的好奇"和自我激励，渗透出憧憬与勇敢、艰苦与磨难以及迷茫、苦闷与孤独等诸多层面的经历与探求，并在深思与审视中，将思想注入审美的端点与词语，进而完成了一首诗的语言建构。

在第二辑"叙章"里，看得出牛冲的写作日趋裹挟更多的生活经验与人生记忆，在文本样态上也显得越加复杂。这里有对故乡的写生："老房子后面的鸟鸣和果树在皱纹丛生的夜里 / 住进了他们的梦"；有对于家人的描述性刻画："她在青春年华的时候等待丈夫 / 她在神圣时刻等待着儿子的降生 / 她也将等待着女儿出嫁、儿子学业有成"，在质朴而显得有些粗疏的文字里，尽显着赤诚；也有着"我们才刚开始"的毕业纪念，"一闪而过的广告牌，提醒着下一

站"的城市生活；寻找着"红色的指甲闪着亮光，腿伸到／对
面"的存在感，在"口罩、粉尘、碳化硅"里寻找劳动的艰辛，
在"电动车还能在雪地里滑行"的第一单和在"无数个萤火
虫／就像残存在他体内无数的／毛细血管，红红的，在发
光"中催生的加班幻象；有来自黄山的凌晨的"饮宴"，"在
消耗中寻找争吵的修辞"，光怪陆离，异常斑驳，披示出大
千世界无奇不有的众生相。而于近年的写作中，则有了消
隐故事与生活细节的考量，故而在诗里有了"用指南针制
作大汉的纸张抵御盛世的寒冷／抑或指尖上覆盖大雪"，
"夜晚的酒悠长、绵柔／二哥遥指杏花村，你我皆是／异乡
的高足"等象征性或超现实的表述，给单调、粗陋的叙述作
了诗性意义上的提纯，或许，这可以视作其叙章诗带给我
们的一份惊喜。

　　尼采说："一切诗人都相信：谁静卧草地或幽谷，侧耳倾
听，必能领悟天地间万物的奥秘。倘有柔情袭来，诗人必以
为自然在与他们恋爱：她悄悄俯身他们耳畔，密授天机，软
语温存，于是他们炫耀自夸于众生之前！哦，天地间如许大
千世界，唯有诗人与之梦魂相连！"而我在牛冲的咏怀诗里
得到确证，就是说，面对自然风物，诗人缘自一种内在的崇
敬之情，每每留下赞叹的短章。同时还发现，其并不耽于赞
美，尚有沉思在诗行间，给这类诗平添了一种意味与理趣。
加之古朴的言辞，便显现出几分老到。譬如《鹊渚》

步入秋色，白露挂满鹊渚

从早雾中无法辨认鹤庐

只看到渚岸边

一只鹊扇动薄雾，黄昏轻柔

我们讨论大汉、盛唐、明清

你能够想象到

商贾云集、才子佳人，像三河的云

陡峭、富裕、黏稠

"这是多少年的酒啊！"

八人成行，仅一支"黄山"的工夫

我们便吐出了整个春秋

    作者并没有大肆铺排风景，而是把触角伸向久远的历史情景之中，这几乎构成其写作的一个特征，在其他诗里也总会看到。而如此地以议咏怀，仿佛一种旁白给诗篇赋予了某种力量。

    原本要迈过"人物志"这一辑，直抵"口语"，但我还是滞留于这里，因为在这些众多的对底层人的描述中，分明可以看到诗人的一颗悲悯真心，这也几乎是诗人的人生不可或缺的一部分，读来自会加深对社会百态的了解。可贵的是，这些人物一经写出便拥有社会学意义，而在一些出彩的句子里又可窥视其独有的审美匠心。但我还是愿意在这里探讨诗人标示的口语，原因是这些诗大多是运用提炼

的口语写出来的。可以看出来，牛冲对于口语是心向往之
的，在他表达得体的诗篇里，显示出质朴无华的生活本相
和语言自身的鲜活，正像他自己标识的："口语创造的是一
种事实的质感"。几年前，我曾经关于口语诗说过这样的
话：写口语诗的人大都是非常有诗歌天赋的，在好的口语
诗里，那种不经意间的诗意提升与显现，总会让人有意外
的惊喜。而同时，我认定原始的欲望与口语并非等同于诗，
它必定要经历审美的转换，那么，一些看似随意的写作，就
很容易跌落口水之中，这样的文本就不是诗了。无疑，这里
就有着对于包括牛冲在内的年轻诗人的一份提醒。

3

作为一位 90 后诗人，牛冲的写作之路相对较长，据他
自己披露已十年有余。在他的诗里，可以看出从最初生涩
的抒情与描述到近年来逐渐诗性成熟的进步，其诗学轨迹
可为后来者提供一份写作参照——尽管诗人自己谦称这只
是一个总结。作为旁观者则可以作深入谈论，譬如写于去
年的《距离》这首诗，就能窥见其写作的技艺："银杏早已成
熟 / 金叶之间挂满风声"，"我们踩着小溪触摸彼此的浪
花"，"一块石头击中了我们 / 我们怀抱巨石滚动我们自
身"，"带走了 / 我们腹部的玫瑰"……无疑，高明的读者会
在这些句子里感受到一种源于神秘感觉的修辞转换，或者

说，诗人在为一个私密的行动寻找了一种有效的表达——
这是在诗里收获的词语的意外，这是悖逆于"在语言的平
流层中长久逗留"（勒内·夏尔）之后获得的奇迹。

奥登在《写作》一文中有这样的观点：一个诗人不但要
追求他自己的诗神，还应该追求"语言学女士"，而且，对于
初学写诗的人来说，后者是更为重要的。通常，能显示一个
初学者是否真有独创性才能的迹象是他对掌握语言的兴趣
大于如何表达独创见解的兴趣；当这个诗人向"语言学女
士"求过爱并且赢得了她的爱情之后，他才能把全部热情
献给他的诗神。我们看到，牛冲在拥有了对诗神的心仪之
后，依然追逐"语言学女士"，而且获取信赖——他的这本
诗集，就足以作为丰硕的证明。在此祝贺。是为序。

2020 年 5 月 26 日—6 月 6 日于言鉴斋

作者简介：

夏汉，1960 年生，河南省夏邑县人。写诗，兼事文学批
评。著有《河南先锋诗歌论》（河南文艺出版社，2013 年）等。
兼任河南师范大学华语诗歌研究中心（社会事务）执行主
任。现居郑州。

目　　录

叙章

咏怀

人物志

口语

抒　情

世界旋转着，像一个古老的妇人，在空地中检煤渣。

——T.S.艾略特《序曲》

去旧

黑暗褪去一层皮后,我知道
今夜,无心于睡眠的水鸟
将用它宽阔的喙啄破体内的副词

熬夜追捕黄金的倒影,和一片
雪花达成短暂的默契
这些都远不及胸腔内的群山
它们萧瑟,连绵起伏
每当我独坐祖国的一块土地之上
孤独便如凋谢的花朵,一场盛宴
在我的梦中潜伏,狠狠嵌入生活的阴影之中

我该如何面对过去,敌对的猛虎
正吮下傍晚的霞光
最后一片枫叶正吞咽整个秋天
我们的言辞开始向下坠落,结冰
一只乌鸦旋转着它的羽毛,从它的眼睛中

我看到，一片历史的虚无

2019 年 12 月 31 日

距离

我和你相距很近,银杏早已成熟
金叶之间挂满风声,我们热吻
那个时候,我们踩着小溪触摸彼此的浪花
无数雪花集聚在旷野
美好,内敛,此时月亮攀爬夜幕
一次偶然,你我的心轻轻地敲打窗帘

突然,一块石头击中了我们
我们怀抱巨石滚动我们自身,我们
仿佛在互相远离
火车的呼啸声,嘟……嘟。
响起了
带走了
我们腹部的玫瑰,我们开始低语
我们望向旷野里翻滚的纸屑

2019 年 11 月 24 日

一个人的两种形式

推开人生大门的方式有多种
比如黄昏在酒中漂浮，云朵被琴音所破
它们大都不真实，时间飞翔，令人沉重
我的朋友

大概十日前，我的眼前出现一片阴影——
你的笑容，私藏多年，微微发黄
虚幻，精确，一只沉睡的蝙蝠
被时间风干的想念正在坍塌

从宿醉中醒来
秋露挂满你我重合的间隙
我们应该一起走过许多条街道，那里
留下了历史的脚步，如此轻盈

我几乎无法想象我的人生已到中年
过早的衰老击败了南山，
而你，却如此年轻，无所畏惧

仿佛成了我的儿子

2019 年 11 月 16 日

大概是一次本能的暴露

——兼赠 WS

我们遗忘一个少女的成长之路
她必须度过裸露的夜晚，迎接
微小的沉默，抑或用过度的泪
求证波涛汹涌，野蛮的手术刀

时间并没有死亡，它只是疲惫
露出喷涌的伤口，哦，未亡人
生锈的九八年，五个少女的血
我们旋转，沉浸在光的酒精中

从没有人告诉我们，我们是谁
谁是我们，我们的意义是什么
是舞步，母语，小姐的膝盖骨
一群富有体温的石头，怪物们

这病兆正在解密，用一束玫瑰
打结我们的舌头，下垂我们的
欲望和嘴巴，针对门外推销

一切在堕落,围绕我们的本能

2019 年 11 月 10 日

白雪上的痕迹

我创造我，我的空虚、恐惧、短暂的一生
我消费我身上的笛声，暴击拆开的音节
我拒绝使我变化的镜子，远离虚无滋长的宝座

这意味着，我正在击溃我的整体，词语
从远处走来，寻找马格利特的"水"
为了创造一个别致的句子，我筋疲力尽

我无数次地阅读，我的局部、悲哀，我的碎片
我使得我增长的见识枯萎，使得虚构的生命坠落
我始终在巨大的循环中，遵循历史律令，看见我自己

2019 年 10 月 10 日

听雨

早晨的雨降落，一次次撕裂
体内悬浮的星辰
我们无所事事，互相指责
谁的人生更为失败

夏风卷起我们干枯的沉默
焦虑，向谁诉说，谁会听
浪花的抵抗终归虚无，一朵朵
低垂的阴影，像一个个美丽的句号

2019 年 6 月 28 日

六月

捏起押韵葡萄,事件中的句号。
占卜,重复的狂风暴雨,反反复复,
爆胎,退款,破财,震耳欲聋的警笛
"应该像鸟儿那样轻,而不是像羽毛。"
可怜的水逆结束了哲学套语。

我完成了我,想象中的我,
透明,抗拒命运的西绪福斯。
在高新区,不断往返,往返于
新鲜的措辞之间,几只飞鸟。
一段勉强的低鸣。

2019 年 6 月 23 日

价值入口

等价交换是时髦的象征,当我
不再为老板卖命,月光便从我的身体里
褪去了光晕,恐惧变成了额头上的细雪
常年服役将本能收入囊中,空白句子
捕获我的失语,当我向往林中的飞鸟
无形中的本能——立刻用一种本能
驱赶我进入牢笼

2019 年 5 月 2 日

病中沉思

所有的词语都在枯朽，脑海里
总是浮现生活的断句
一种什么样的场景？充斥着
营销话术的酒店，站满了
连夜追来的农民，他们站立在一角
目光在隐匿的光线下更加明亮
他们嘴唇翕动，眉毛上扬，在
破败的人生中，残存在体内的酒精
命令他们，你必须
有一种对金钱的渴望，就像医院里
随处可见的生理盐水，用来治愈
衰退的肾功能，病人在滴管的帮助下
恢复远射的能力

2019 年 5 月 1 日

白云千载空悠悠

今夜,我在词语之间。读到
一丝细微的风
沉默,沉默的
外祖父,走向那棵低垂的树
他佝偻的身躯已无法支撑笨重的词语
四个孩子之外,他必须独自承受晚风的侵蚀

尤记得他的伟大,他必须使用
突出的腰椎间盘掌握生活的平衡
悬挂天幕的手臂提起硕果,甘甜的
土地使他发出轰鸣,他垂下一生的红与黑
忧伤与他一样,令人
心慌

2019 年 4 月 6 日

孤独

我的孤独是一只鸟

它跃地而起

在道德和秋风中飞翔

可怕来自人流涌动的水

流到哪里

哪里便像岩石一样坚硬

我的飞翔是单调的

我的鸣叫是暗处的雪

它的融化是无声的，像燃烧的火焰

燃烧道德和秋风

我的飞翔是无声的

2019 年 3 月 24 日

在春天

从南门,从西门,从北门,从东门。
滑板车已无力承担莲湖的重。
你的额头刚刚长出新绿,
脚下的春风便已发动马达。
迫不及待,
一场春雨就要到来。

我爱你此时此刻,满载而归。
故事的内部,修辞如少女剥落的衣裳。
无数个粉红穿行而过,
旋转的桃枝挂满雨露,海棠含苞待放。
"春江水暖鸭先知",我能体会到
绿水如何唤醒天鹅,它们的羽毛
微风吹拂下,低垂,炽热。
——笑声颤颤。

2019 年 3 月 20 日

暮春

雨水拍打着暮春,柳枝吐绿
晨起的鸟鸣将身体比喻成湖水
波浪起伏,心事重重

熟透的心此时开始坠落,像
雨伞怀着心事,拄着人群
淹没于群山之中

我被虚拟成桃花、樱花、紫荆
而满园的真相

却早已熟记在心

2018 年 4 月 14 日

初雪

读李白、杜甫、元稹、欧阳修
知雪满太行、草堂微冷
残雪压枝、冻雷惊笋
想起古代,能听到雪的落地声
红泥火炉、冬踏雪泥,每一次外出
都被细微的冷感动
这是一种什么感觉
一切都慢下来,慢下来
窗外的雪继续下
压住树根、树枝、树叶
压住人心
仿佛压住了一切使人安静的东西

2017 年 12 月 30 日

野心与优雅

不甘于众人的叫嚣
人群从我的身体里穿过
他们是洗脚城老板、女大学生、空调下的官员
风从黏稠的热中挤了出来
有人穿过栅栏,有人从里面出来
有人交头接耳,有人要赶往机场
我的心空荡荡的
这一刻,仿佛要贯穿我的一生
混在人群之中
永无宁日地活着
兼怀着野心和优雅

2017 年 11 月 25 日

柘城

它就那么一点，
仅一只冻僵的飞鸟，此刻
金刚石微粉、羊肉汤、
香椿鹅蛋，像五味杂陈
像长满花纹的玻璃
我们看到，那些埋头苦干的工人、
自动金刚石筛选机、干燥机
以及无休无止的命运
全部陈列在货架上兜售
像极了我们的父母和子孙

2017 年 4 月 24 日

恋爱

大概就这么几天
历历在目，比如
大雪之下的抱头痛哭
暴雨之下的互相谩骂
杯子、箱子、手机、椅子
仇恨、怒火、哭泣以及一地鸡毛
它们的并列关系像极了
我们当年的如胶似漆
彼此孤立而又难舍难离

2017 年 3 月 15 日

春运

这移动的音响,嘈杂、混乱
它们以柔软的方式嵌入祖国
流动,挥发,凝固
这些渴盼龙门的鲤鱼,逆流而上
梦里常见
万里长江驮运故乡的草木
从外省到家乡,所有的水土不服
都在草木中得到抚慰
这些小小的分子,像极了
天空中的白云
它们洁白、善良、奇形怪状
但是总飘忽不定

2017 年 1 月 23 日

新的一年

你就坐在我的对面，就这样
万籁俱寂，一如去年的大雪
挑胖鱼头的刺，川粉，豆腐
回顾去年滚烫的贫穷和不安
新年从门口涌入
无法想象，此刻
我们碰杯，热爱彼此所做的一切
为命运节省了寒暄和热泪
我们往回走，踏着来时的风，十指相扣
一个小小的家已经排走了两个孤独

2017 年 1 月 20 日

秋天

黄叶开始往泥土回溯
远处小贩的回音越来越小
此刻
那些小公司的职员，湿透的心
像被风击溃的雨
集聚到生活的腹部
一块五的饼、十元的套餐、六元的麻辣烫
这是怎样一种景象
落幕来得太早，人生才刚开始

2016 年 11 月 26 日

瘦金岁

极少将抒情深埋村里，深恐
秋节将至，父母如落叶飘零。
岁月越来越小，越来越小。
甚至不及母亲脸上的花斑大。多像，
这泥土之花、树上之鸟，
开得越来越好，飞得越来越远。
如无特殊情况，
额头满皱，银发丛生，寒风凛冽之中，
踽踽独行。
那时，他们总旁若无人，向北而望，
大雁何时南飞？风筝何时能断？
这时，我总在想，
年轻的时候，他们是何其要强。

2016 年 12 月 12 日

评委会

请为他们担任评委
用你的专业眼光评判，
不要别有用心，他们从未放弃，
一个绝妙的黄昏，面对家乡，
他们从未有过如此惊慌。
面对拒给的工钱和一江春水，
那些淘空身体的言谈中，
唾液更浓，像黑夜漫过的沙滩。
无数归鸟漫过下弦。

他们手无寸铁，他们，
毫无理由地因水中月，
而退避三舍。

2016 年 11 月 14 日

早雾

分不清雾和霾, 总之
在浓烟中寻找凤凰, 清晨的欢畅
披上了悲剧色彩, 这是从书中读到的
悲伤, 蔷薇沉默, 伴随着车轮的声音
往日的沦陷变得极有可能
一天之计在于晨的期望, 在宏大中
消失, 在愈来愈快的车轮中败退

2016 年 6 月 3 日

烟火

这里的事物，比如青草、灌木
比如失去平衡的人群和车辆
正在渐渐消失的白云
都因膨胀而变得扭曲
我从窗口向外，向更远处聚焦
失去方向的结果令弹丸大的土地
感到烦躁，一个小小的物件，比如
头上的虱子，脸上的毛发、胡楂
开始埋怨，那些卖凉皮的、卖胡辣汤的、卖炒面的
灰色的人群仿佛严重
打扰了一个清晨的欢畅

2016 年 6 月 3 日

碎片

碎片不知道它在整体中的意义，
它融入行走、吃饭、做爱，
代表着全部生活的瞬间
被热爱着、羡慕着、尊敬着、拥护着
像正在生长的藤蔓、高大的灌木
令人欣喜，
这宏大早已消失
我们的平庸开始变得无休无止
像正在陷入的沉默，
它空心、高大、无声无息，
像厚厚的尘土，覆盖了一切。

2016 年 6 月 2 日

夜读《金阁寺》

我所租住的房间悬挂于 26 楼

他乡的沉重并不稀奇

像酝酿已久的暴雨，无声密集

掌中的《金阁寺》许久地在那儿耸立

水中的倒影、花纹以及细密的泥土

语言的暴力正从梦中解体

甜美而温顺的父母

像许久未见的河流，自西向东

屋檐下的风吹过

像金阁一样地爱着我

2016 年 5 月 14 日

在日照接吻

海浪扑面而来
蓝色盐粒敲打起伏的浪花
我的船，你的水，
在月光下，在星星下，
在灯塔的指引下，在
乌黑的海声中淹没，
哦，我的爱人
白鸟跃过下弦
奔腾的海水从远方逃逸
请来到我的怀中

2016 年 5 月 3 日

告别 2014

1

路过三月的大桥,迟暮的黄昏,
将油菜染得金黄,我看到,
一个春天所有的疲倦,
十年前的父亲活力充沛,努力
将一个破旧的房屋翻新,
走南闯北让他对未来充满希望。
母亲爱抚着厨房的炭火,好让炊烟
悄悄飘上屋顶,引诱飞鸟光临,
我携着田野和麦香去欢颂,
泥泞小道、泡桐粉花以及
难忘旧时寻常的堂燕。
又是一个春天,从远在故乡的母亲发间,
我读到柳絮和解冻的沙颍河,
我侧耳倾听双亲的絮语,父亲将继续
远走他乡,在长途跋涉中得到天空的抚慰,

胡子变白,身高缩短,我仿佛看到

他双目望向漫漫长夜,在孤独中等待老去。

2

我今年 25 岁,

爱诗和远方,爱面朝大海,春暖花开,

却更爱眼前的苟且,在一个未解的午后,

看到一个瘦削、欢乐的少年主动剥落一个冬天,

仿佛寒冷永远无法消逝,

漫漫长夜,他用体温哼唱无尽的笛声,

蓝色天空,单车、聚会、红色的上衣远去,

无聊的时刻,欢快的时刻,痛苦的时刻,

像接踵而至的爱情、婚姻。

我们曾并肩而坐,谈论明日的线代考试,

那时张老师还是张老师,父亲还是父亲,

河水上涨的时候,鸟鸣便会开始,

我们走起路来,折叠的樱花便会掉落,

光线柔和而美丽,

世间万物都在弯曲中膨胀,

仿佛,

那个为了钱什么都干的少年从未出现。

3

你的脸色发黑,额头已经发皱,牙齿开始变黄,
朋友,不用去掩饰因生活而变得粗粝的双手,
生活已容不下这么多的形容词,
小小的友谊更难以吞吐更多的隐喻,
我们的爱和青春都要学会
在孤独的夜里消失,
绵绵不绝的春水正从东向西,你说,
我们应尊重世间万象,
山泉鸟鸣、虫兽横行、蝴蝶穿花,
那个时候,树木生长、海水流动、风吹草动
我们的生活将变得平静,
所有的苦难都将得到宽宥。

2016 年 3 月 31 日

想你

想你在深冬的早晨，
空气新鲜，马路上川流不息。
昨夜的月光还未散去，
你的温度还紧紧地贴在我的脸上。
无数件小事加起来地想你，
做饭、洗衣、散步、雪夜里饮酒。
总之这一生的事情，
我想，
还会无限地循环，
在无限的时间里，
走很远的路，爬很高的山。

2016 年 1 月 29 日

湿淋淋

空气凝成淋湿的蛇，
每一次欢饮都是月光的鳞片。
靠近花蕊，我能感知体内的香，
雪不会游泳，却能让水欢悦，

眺望悖词，我能感到逆流的呼吸，
多么温暖，月光如丝，
仿佛此生我只爱你。

2016 年 1 月 25 日

城中

桃花将开，春水也将解冻，
回旋在蜡梅枝头的鸟鸣使人忘却，
出门推开冷，让雪更易融化，
小贩、妇孺，沿街叫卖早晨，
那些手指年轻时都曾碰过桃花，
我们漫步于城中，
竟已不知家乡为何物。

2016 年 1 月 19 日

快回来吃饭

这个傍晚,父亲正在故乡打盹,
受不了夜行中的飞雁,绿叶
开始从秋中褪去,女友说,
天凉加衣,快去,语速放缓,
像倦鸟的长鸣,这让我想起,
童年的每一个傍晚六点,
母亲走出厨房,面向大门,
回来吃饭,
快回来吃饭。

2015 年 8 月 20 日

么么哒

每当夜深人静的时候，我大概，
就是想你，比如想着为你
买过的花、遮过的雨、爬过的山
以及我们共同走过的秋天，不会忘掉
溪水潺潺、月影星移，
如果小路再深一些，那一定
能听到鸟鸣。

每当此刻，我便开始胡言乱语，
比如期待一场大雪，
炉子里的炭火烧得正旺，
我们并肩看树枝上的画眉，
这还不够，如果可以，应该再加上
足够呼唤一场春天的么么哒。

2015 年 8 月 10 日

隐身术

这是春日,阳光灿烂,树木逍遥。
河水泛起波纹,在隐秘中学会逆流,已
不是一项专业技能,大多时候,
你消失于南阳路、东风路,甚至
碧沙岗到会展中心的地铁上,
放弃这大好春光变得轻而易举,
树叶间舞起的清风开始虚弱,你
疲惫不堪,所有的脸都是你的脸,
所有的爱恨都你的爱恨,
最让你称道的是,没有一项
专业技术能够把你从人群中分辨。
对于你,所有的劫后余生更在于
你热爱隐身,并相信所有人和你一样

2015 年 8 月 9 日

静

静是水的一种,流动,开花
像树上结出的果实
夏日的味蕾还未卸载,以及
撑满月色的荷叶,都与静有关
在静里飞翔的鸟鸣与静里
游走的飞鱼并无关系
并列,转折,抑或因果
都不是,更像是三更的情话
软软的嘴唇等于静

2015 年 8 月 5 日

伪善

他说,他快要长大,对着镜子。
从众人中脱颖而出令人欢欣鼓舞,
他要去游泳、爬山,一个人自由自在。
如空气、树叶、水滴,
温和地生存于世。
也将用关爱温暖亲人、邻人,
像雪花一样,成为
一个美好的存在。

他从未被告知,
安全感是一种道德的洁癖。
和众人分开,亦不可能,
如果可以比喻,他不比花枝上的刺
更有胜算。

2015 年 7 月 24 日

在人间

在人间，阴影让月亮更亮，
每一片瓦都让人想念，
月上柳梢头，人约黄昏后。

我爱你，如冰冻三尺后的，
乍暖还寒，
这个时候阅读岁月理应比鸟鸣更幽。
阅读容颜理应比流水更长。
我爱你，在每一片树叶间，
风吹过，沙沙的响声如片片雪花。

我爱你，每一片花瓣、每一朵浪花，
这个时候，巷子里的夜晚变得绵长，
像潮水开始拍打礁岩。

2015 年 6 月 7 日

表现主义

很久以前我就知道我是谁
我要写什么，
我写土地，土地里就住进了河流，
我写山川，山川里就住进了鸟鸣，
我写女人，女人里就住进了浪花。
每一次写作我都如醉如痴，
就像从身体在开花结果。
那些成熟的秋天像果实一样坠落。
这使我想起一些岁月。
大家谈天说地，在一片火光中欢声笑语。

2015 年 5 月 14 日

赠 TLY

那时年轻，
窗外的飞机发出巨大的声音，
我们惊讶于飞翔，并深爱着蓝天。
我们已经学会修辞，开始识别病句，
并用正确的方式修饰彼此。
朋友，在春暖花开的日子里写诗，
已经不够，枝头的花开得正茂，
仿佛水流溅起的浪花，正决定汹涌。

这真是个特别的日子，新芽吐绿，
你选择花开的日子正合我意，
含苞待放，总是令我放心。啊，
从没想过，他已婚，她已嫁，
紧接着是你，天啊，甚至是我。
从此，你要洗衣、做饭、扫地
伺候公婆、调理天下，有时，
你可能会委屈，在夜里哭泣、呻吟，
茫然无助，人世艰难，你将

用一生跋山涉水，没有
如此，更让人怀念。

枝头的信已经摇摇欲坠，妹子正
含苞待放，不要理会嫉妒你的人，
比如云聪、张奎、袁刚，甚至是我，
请你只管幸福，其他的一无所知。

2015 年 4 月 5 日

赠 ZPY

雨下了起来，巷子变得更深了。
SUV 排起了长龙，打滑、后退、闪着白光。
在狭小的空间喘着粗气，这你知道，
我大概是最喜欢宽敞的，不得已，我跟着前人。
水珠溅起的冷刺入小腿，这让我想起，
十分拥挤的过去，你热情、厚道，像我的老朋友，
像我的亲人，我们一起上课、读书、分享秘密。
可是忽然，忆起现实的困境，
你像一只冻僵的白鸟，多想春天啊。
我们还会有无数次相遇，
时间越来越短，间隔越来越长，
我们把寒冬的冷归结于巨大的恐惧，
有那么一会儿，我庆幸我们还是朋友，
我们愿意携手越过寸草不生的寒冬。

听，雨又大了，雷电交加，我还在路上。

2015 年 4 月 1 日

郑州完全在掌控之中

走上几里，你能感到无知的重要性。
从南阳路到航海路，或者从陇海路出发，
在灰尘中抒情比梦中的裸睡更加务实。
一朝之计在于晨，涂香的女子半敞开睡衣，
没有比热爱这个城市更让人难过。

她们艰难失足，绕过几层围墙，
值得托付的道德感于晨霾中瑟瑟发抖，
如果计较得失，生存是唯一值得表扬之处。
从二马路往上，再往上。
那是城市的中心，左右逢源，八方来财。
所有的羞耻在三寸内消失，比这，
更浓的雾，是多美的浪花，
如果洒水师能够集中精力，
郑州，
完全在掌控之中。

2015 年 8 月 22 日

像这样去爱

一

就在这时，大雨如注，
每一滴水珠都在思念江河，这
让人想起一个夜晚，每一朵花都在
借力繁殖，啊，他就是爱这夜晚，
爱它的静，它的寂，它的黑，它的密。
他爱这花朵绽放，
先是花蕊，再是花瓣、花香，借着月光，
这时他感到无能为力，就像，
深陷牢笼，这花的每一个颤抖都是湖泊。
风带着甘露，先是舌尖，再是舌苔，去饮，去喝，
她的爱，她的恨，她的小腹、脚踝，甚至她的一缕花香。

二

嗯，这夜色如水，仍然让人想起。

这真是个难忘的夜晚,她裸体,
他替她斟满酒,点燃烟,
她开始面带微笑,想起粉色玫瑰。
接吻像雨水一样从可爱的胴体落下,
像箭射中靶心,一滴、两滴,所有的液体
从月光处就开始了枝繁叶茂,像野兽
注入的活力去羞辱这冬夜。对,
让浪花一起一伏,
如果天色还早,滔天巨浪的声音应该
已经在身体里开起了花。

嗯,她是个坏女孩。
让人爱得发疯的坏女孩。

三

嗯,没有什么能够阻挡水流,它掀起浪花,
拍打礁岩,击碎石头,轻而易举地润湿沙地。
他不能阻止,他接受,他去饮,
在微小的空气里学会呼吸,学会飞翔,
俯冲、盘旋,甚至暂停。
他逆水而行,去摘那朵玫瑰,啊,为这
花香,他听到夜晚的叫喊,他知道。

青春像退潮一样，
她的皮肤会松弛，她的手指会消瘦，
她的花香会退却，
她会消失于河床，
翻滚着的泡沫会吞噬时间，他永远
忘不了她的模样，去追寻，得到，失去。

2015 年 2 月 14 日

再也不会有人走近你

走过南,走过北,走过
温柔的夜晚以及若干条路,每一秒
都有着故事,那些因生活而吃的
辣椒、橄榄、苦艾以及因寒冷而
喝过的风。再也没有爱过的人,
从东南西北的角落向你涌来,我们看着潮水,
看着浪花,看着凌晨的夜宵,
怎么就哭了!

这个时候,大雁应该南迁,树木应该调零,
白雪应该降落,再也没有我们爱的人,
从远处走来,他们说,在西边、北边、
南边、东边,在我们无法到达的地方,
和浪花以及盐水一起生活。我们,
看着白鸟飞起,看着水面结冰,看着,
冰碴儿分崩离析!

2014 年 12 月 25 日

秋

秋天的冷是突然的，远处的景色如
倒挂的琉璃搅动喉咙深处的块状郁结，
湖面上，绿藻再也无法从鱼鳞上脱落，只，
松枝边的肺泡还余音绕梁。

没人，此刻记住一片飘落的黄叶，记住
同一只乌色的大鸟，只有时，
早晨的冷让人就忆起湿润的吻，在舌苔上，
挂满秋的露珠。

                                        2014 年 9 月 22 日

我应该生气

我应该生气,对着鲜花、阳光
对着流动的空气,对着劳动节的
人群,在字的间距中躺下语言、
呼吸、仇恨,躺下三个小时。
我明白我没有忘掉过去,我切开了
你温柔的腹部,切开了你的心,
切开了我们之间的距离,我看到了
你腹部的潮水,璀璨夺目
像在天空中画下的斑马线,白色的
像黎明一样的白色,汹涌澎湃

我要在有山有水的地方居住,和
老虎、豹子、野猪、山鸡一起
它们都将变成我的诗句,在泉水上跳跃
那个时候,我们将没有距离,我们将坐在山顶,
看着山下的冷杉,像太阳一样闪闪发光

2014 年 5 月 3 日

与死亡对视的一秒钟

我的手指从下颌到嘴唇
与四月的雨水亲吻
从此,我注定孤独一生
蝴蝶是草丛中飞舞的露水
于黄昏的床上洒下湿热的荒诞
我们打开五月的开关,在黑暗中
吮吸光明,那是种植在阴暗日子里的血液
那是种植在血液中的爱情,从早晨
到黄昏只需要三秒钟,比起这
我更珍惜冬日里的鸟鸣

我想逃离这条路,紧挨着死亡
紧挨着蜻蜓坠落的土地,紧挨着
下颌上跳动的一颗痣,看清这个灰色的
指示牌,那是一个以我名字命名的码头
所有的船从这里起航,所有人从这里出发
我决定跳入河流,为他们
成为一团浪花,紧挨着一个小孩

我决定成为一粒沙子,随风而逝

2014 年 4 月 7 日

春光无限好

1

树林里的岔路摆放着春天
往日，这个时候会出现鸟鸣和露水
在桃枝的末端我依稀看到阳光的羞涩
满枝头的信，去年的时候就已经败落
何时何地，正是这个春光明媚的日子里，离别
像一城春水繁花

2

在白天我为你写过黑暗
在夜晚我为你写过光明
挂满樱枝的画像摇摇欲坠的心
爱情已经消逝，时光已经不在，相依相偎
的心已经坠落
没有东西比早晨的露水更加晶莹，没有春天比

含苞待放的你更美
还记得，一路走来你洒落一春的雨
都化作黑暗，在夜晚闪闪发亮

3

无数个零点，我写过你的名字
像跳动的病句，背负着错误的使命
在北风的呼啸中度过寒冬
那个时候寸草不生，手指通红，想着
明日的画眉在树枝间盘旋，在鸳鸯戏水的
时候停止鸣叫，那正是你一年一次的生日
我们已经错过了万水千山，什么时候忆起
我还心中忐忑，懊悔不已

4

曾经想过数着你的银发度日如年
在林中种上樱桃，等百花齐放的时候
借来冬天的白雪，在来时的路上迎接迟到
的暮年，屋后的枇杷亭亭如云
搀着年轻的你度过下一个春天

5

我们离别在秋天,正是柿子挂满枝头
倦鸟回归巢穴的时候
无声的沉默出卖了一路的风雨
在夜晚的广场,时光开在人群是花
开在心中是毒,我们
再也不会相见,就像露水情缘

2014 年 3 月 28 日

林子里的雾气

从早晨到晚上都能看到画眉
像开在枯枝上的花,像飘在冬天里的雪
从它的舌头卷曲中听到
所有人都在远走他乡,所有人都在回归故里
小路深处的林子,雾霭漫漫

西边角落的太阳以一个背叛者的速度
返回林子,樱花含苞待放,在一片绿色
草丛中,你在数着刚刚洒落的露水
这让人想起以前,从来都是樱花开放的时候
他乡的雨水开始倾泻
像断了线的思念,在地上滚动成泥

2014 年 3 月 28 日

婚礼

沿着泥巴路,我想起了我们
曾一起走过的路,一阵风吹走
童年在树叶间跳舞

我们一起偷过的石榴又大又红
远处的雨来过
在一个乌云密布的夜晚
湿透的脊背在河水中若隐若现

我们捕过鱼,捉过虾
裸露着白色的膝盖,用湿漉漉的嘴唇
亲过女孩,在白色的午后

转眼,你就要结婚了
和一个女人共度一生,开车,从远处
回来,再开往远处
生孩子,在某个下午或者早上
当你想起这一切时

你知道,在这一生,属于你的
只有这一次婚礼

2014 年 1 月 15 日

会叫的春

夜长嘘一声,猫的身影
跃过上帝
直接附在情欲的胃上

大口大口地咀嚼白天剩下的光
支起一个大锅
煮沸内心喷薄的太阳
大朵大朵的樱花
像女人的脸从心中落下

扑通一声,掉进了脑海
荡漾出刺眼的波纹……
春天,开始叫了起来

2013 年 10 月 3 日

雪（组诗）

回忆

我渴望在火焰中回忆
整个冬天，漫天的雪将它装饰成
我的掌纹，摊开，合上，相爱
在静悄悄的夜晚窃窃私语，我们决定
明天的这个时候，互相问候

嗨，我们都很准时

雪

那是一个清晨，推开窗
我们的记忆还在睡眠
马路深处的一只鸟在雪白中
看到了窗，它抖动着翅膀，在空气中

叫喊

窗外，我们看到了一只在雪地里漫步的鸟

它对着雪花大喊大叫

还未下雪

在郑州市科学大道 100 号

我准备了诗歌和酒

准备了一张薄薄的嘴唇，准备了一颗

期待爱情的心

我相信我们会不期而遇，打败光秃秃的树干和

春天的梦

在纸上画圆，在雪上画你，别忘了

我准备的有诗歌和酒

我们通过声音、血液，呼唤你的到来

雪

你还未下，像一层薄薄的云

飘来飘去

我心里七上八下,不知道
我们还会不会相遇

就像我知道我们必然相遇

2013 年 12 月 17 日

有酒的日子(组诗)

她和酒

她告诉我少喝酒,从左到右
从上到下,酒都不是好东西
它毒害人心,迷惑心智
在相爱的时期,它驾轻就熟

大麦、高粱、青稞、甘薯
都是好东西,它们曾在土地里打滚
呼吸新鲜的空气
在通往圣城的地方和我相遇
一年四季都亮如白昼,可是

她们却说,酒不是好东西

有酒的日子

一个人喝酒的日子里,太阳
照耀胸膛的亮光在慈悲心肠中
委身于我,委身于悲苦的生活
委身于月光普照的夜晚

一个人喝酒的日子里,想念很多
秋天落满屋脊的黄叶、夏天聒噪的蝉鸣
春天听到的母亲最后的哽咽
漫山遍野是大雪封山的脚印,在步步进逼
之下,有着革命的一腔热血

在苦难深重的大地上喝酒,在天气晴朗
威风阵阵的夜晚喝酒,在前途迷茫
命运多舛的季节里喝酒,在门庭冷落
和热闹非凡的时候喝酒
在出发和凯旋的时候喝酒,酒在口腔中
润滑,滚动,吟唱,荡气回肠

白葡萄酒

这是我第一次喝它，透明玻璃里白色云朵
就在那儿漂浮着
旁边是美人、灯光和旧式的沙发
口腔中高山流水、琴瑟琵琶，黄昏之时
的约定，冬夜里唱着雪白的歌
声音飘入胸腔、心脏、肺叶
激情澎湃的春天，它在哪里？

酒是好东西，酒是天籁，酒是雪白
酒是明日黄昏里的吉他歌手
昏睡的傍晚，被它雪白的手掴入夜晚
漫长的人生里，升起了新的下弦月

2013 年 11 月 27 日

世界语

你告诉我说这里很温馨
这里有新鲜的水源、干净的果子
我们不必为了物质而出卖肉体
也不会为了逃避而选择流产

幸亏,我们相信我们的身体
还可以消化掉脏和痛
存在于血管里的血液
还可以流着村子里的水
存在于耳朵里的小骨
还可以被村子里的鸟声震动

这还不够,我们相信我们的眼睛
所有的繁荣和发展
都在生长,都在成熟
它使我们都忘掉了我们的腹部
盛满了苦水和馊水
从肚脐处流向

一个叫作祖国的地方

2013 年 6 月 29 日

虔诚记事

请允许我用一个孩子的眼光
来看这个世界
你可以带走我身边的健康
青春还有美丽
但不要带走我的眼光

我可以拄着拐棍在故乡的路上
来来回回
甚至用磕碎的牙去咀嚼东西
我终于知道
我走不出故乡的泥泞小道
我走不出爱人的温柔怀抱

我甚至只能用绝望换取
一个孩子的眼光
是水，是星星，是钻石
他们走在路上
我不会迷路

它是我的房子,我的梳妆柜
我的棉鞋,我的外套
它只是一个孩子的眼光

2012 年 8 月 24 日

叙　章

直起腰来，我望见蓝色的大海和帆影。

——米沃什

太原饮

夜晚的酒悠长、绵柔

二哥遥指杏花村，你我皆是

异乡的高足，以命运丈量创业的艰辛

我们碰杯，用二十八年的青春

唉，岁月予我们以痛击，寸土之下

必有勇夫的荒谬，谁能抵挡

水流的湍急，舌头上的浪花卷起

阵阵空虚的回忆，我们认输

日日焦虑使我体内悬浮的刀斧，闪闪发光

我们借着一缕花香、一杯精酿

沉迷于如何逃离他人的轮回

2019 年 7 月 30 日

北漂在兰州拉面馆

他们相聚,迷彩汗衫、牛仔裤
用啤酒缓解紧绷的口袋
有人
善于对工作使用迷人的句子
"他妈的,什么时候是个头。"
抑或,咽下年前财神前的跪拜
沉默成为他们最好的方言

他们用四个小时通勤挑战半个北京
房价只是其中一个句号,还有
更多,焦虑的寒冬,乌云密布
如果一定要对他们定位,十八元
一碗兰州拉面
象征意义更加精准,一代人的惨败

你热爱街头的霓虹胜于热爱自己
从朝阳到房山,你盯着醋睡的警员
公交的咳嗽变得越来越细

迷茫,生存的困意翻身成为主人
翻身成为你脚下的这片土地
回忆多么痛苦,就在刚才
你夹起一枚精致的花生豆,嘎嘣
时代便坍塌了下来

2019 年 5 月 19 日

北京临时寄居

这是一家民宿
美团上，房东开始点亮北京的夜晚
图片精美，对于北漂
近乎奢侈，一百元
无法购买大悦城的华丽，却可以
隐藏暴雨中的乡愁

黄晓明、范冰冰曾在这个小区
遛狗、微笑、互相扶持
房东为你展示繁华和星尘
举手投足，令人魂牵梦绕
你陶醉于绿树组成的光阴，醉心于
北京的日常，不，你准备在这个地方
生根发芽，在人群中取得胜利

加密的门锁，让你想到
高级、富人、电视、邂逅、跑车
这些词语正竭力淘空你的身体

而当你,推开生活的屏障
眼睛发涩,无数修辞开始变成泪水

那间小房的上下铺开始提醒你
黄晓明、范冰冰,抑或即使过气的明星
统统是你身边的流水
啤酒肚、未刮的胡须、呕吐的血痰
才是人生的肌理,突然,旁门
的妇女,推开沉重的夜晚,她
摇摇晃晃,睡衣鲜艳,脸上的皱纹
像浪花一样,一浪高过一浪

                                   2019 年 5 月 18 日

一本书与展览

书展光洁、豪华,车水马龙,你告知信鸽
思想必须统一
用指南针制作大汉的纸张抵御盛世的寒冷
抑或指尖上覆盖大雪,用寒冷抵抗寒冷
而今日,阳光刺眼,如此,用倒立的毛笔
书写春秋,你我斟满西风
一饮而尽,忧愁死于忧愁
忘却阉割,修改本能
盛世之下
你我皆是草民

2019 年 7 月 31 日

啤酒花园

露天广场，我们用晚风挑起
食欲，义乌龙虾、扇贝、螺蛳
头戴国际贸易的皇冠，撑起
浑圆、装满腐败的啤酒肚
举起生活的大词，无往不胜
对于剥壳、去头、掐尾的人生
如数家珍，如何用幽默消解
赚钱的尴尬，大哥啊
我们必须合作，说到这里
啤酒的浪花漫过沉醉的夜晚
快乐如期而至

2019 年 5 月 16 日

青创会

点燃一支"炫赫门"
烟雾中弥漫着同行的压力
我们在彼此的言语中互相试探
活动、合影,繁华景象的腹部
隐藏着人性的阴影

一个省刊的中篇、短篇,甚至一个
无足轻重的目录,我都心跳加速
汗流浃背,无法抵达远航的
羞愧像体内的酒,酝酿了一个晚上
生存方面,写作出卖了真实意图
你将永远为错失的光阴而感到忧伤

2019 年 4 月 28 日

春节（组诗）

父亲

最迷人的就是要账和回款，或
用糖尿病、驼背、小腿弯曲承兑
中建四局的水泥和沙子，这样看来
父亲的胡子并非无缘由地白
昆山白、上海白、金华白、苏州白
躺在床上白、跑起来白、飞起来白
父亲的颜色只剩下白
他看着老李，三岔口的飞龙跌落
是时候，是时候，用钱来诊治
白茫茫，白茫茫的——冬天
白雪压垮暮色，不，压垮的是
我的父亲

无米可下

母亲说,我们已无米可下
失败者没有发言权
父亲的沉默刚刚解冻一个冬天
体内的沙颖河加速枯竭、抗议
老李的钱和大门紧闭的粮仓
互为因果,究竟谁是因谁是果
父亲抬起头,望向春天的飞鸟
头,又低了下去

春节

歌唱祖国,难忘今宵,歌唱
母亲夜晚的哭泣和她背后的一切
银行的短信歌唱父亲的沉默
歌唱,命运的铁和词,今夜我必须
使用排比句,像海浪一样
一波一波测量痛苦的重量

皱纹枯萎在体内化为盐水
又咸又臭的泪泛起泡沫,老李的账

父亲一生的荣耀,被封存的沙哑
连同炮声,一起构成
沉重的新生,我的春节像极了
金钱为土所种下的悲凉

2019 年 4 月 17 日

焦虑

凌晨时分，你饿
我打开食盒，唤你
去吃吧，饥饿的艺术家
窗外的风声响起
这让我突然想起莲湖的鱼
它们漫无目的，汲取阳光
就像露水驾驶着一片叶子

真是轰鸣啊！轰隆隆
洒水车走过
街道上的影子沾满了风尘
嘿，伙计，慢点
海棠内部，紧张而无序
像小说里未完成的春天

2019 年 4 月 1 日

自由颂

每次失业，连翘和厚山
便没入冬季，从眉湖到金梧桐
冰雪覆盖，我们谈诗
谈大象身上的蝴蝶
谈姑娘身上的紫荆痣

天南海北的酒，此刻
一饮而尽
像极了我们的祖辈
怀揣着冻僵的飞鸟，在空中
"哈，多么美好的弧线！"
像下弦月一样，我看到了
一抹泛着光的人生

2019 年 1 月 18 日

只是去见一个朋友

摔碎的杯子再难复原，我们的感情
急速降落在生活的泥沼，对外出的看法
将我们打翻在地，顶多制止的是体内的妥协
以及对未来夫妻生活的预判

那将是一种对浪花的抗拒，当我打开
出租车的绿色大门，就已经确认
感情的破败，对远方的抵抗恰恰能够满足
我们彼此的期待，如果没朋友的召唤
也许这一切都不会发生
我们依然会在消耗中寻找争吵的修辞

2018 年 11 月 7 日

饮宴

这大概是一份意外协议
目的明确,刚烹煮的驴肉汤
使得食客满心欢喜
卖茶的崔总
取出金色小罐,将烹煮的茶汤递送
味道如何,李总?

这大概是经过大师酿造
无法想象,其工艺竟来自黄山的凌晨
此刻,五谷杂粮、红烧狮子头、水晶豆腐
被赋予了修辞,食客们为了李总的肯定

纷纷为崔总举杯

2018 年 6 月 2 日

丰收节热

声势浩大,彩飘如云
这是为农民庆祝
企业家、官员、媒体人云集
闪光灯深陷脂粉,不可自拔
一地的良心被摆上货架

鸟鸣将农民带来
他们干枯,像刚被修剪的残枝
在风中,陷入摇摆
他们无法听懂远处台上的讲话
声音沙哑,略带疲惫
偶尔
散发出茅台的浓香

2018 年 9 月 22 日

谈贵族

酒,天地成为饭桌的必需品

一年未见

干爹、姨父精神旺盛,食欲尚可

谈起大汉,黑谷子酒、三国

急转直下,竹林七贤登场

先是鼓瑟、书狂草,后是曲水流觞

真贵族

中国唯一的贵族朝代

也因此后悔

把大好河山当成语言的敌人

多少人为了声色陷入现实的狂乱

为了虚伪而跳起芭蕾

这样的当代,不适合诗词

而剩下的半斤

我们一饮而尽,摇摇欲坠

2018 年 2 月 18 日

回龙观

从远处眺望

他们，急匆匆、焦灼

为赶上末班车而手足无措

不断地

腿在地铁门边缘滑动

退却就是生活的万丈深渊

西直门将一团团肉打包，贴上标签

满载着未来的希望

像极了此时此刻

因生活被压弯的背部

在铁管和玻璃之间变得笔直

2018 年 1 月 5 日

地铁爱情

男孩将手臂交叉，双掌扑向玻璃
你能看到手臂的弯曲
像一弯彩虹
两米远的争吵并不能打扰他
女孩在交叉中回眸
"给出租屋买个电视吧。"她双眼发光
爱情来之不易
在艰难生活中，你仍能感到
温柔的情话是如此美好

2018 年 1 月 6 日

创业帖（组诗）

一路寻爱

忍受劳动密集型黑夜

大雪让电动车有些迟钝

期望、痛苦、快乐在眼中打滑

无数个夜晚的灯火

蜿蜒于体内的胸腔

是时候了

他必须快速追赶化工路上的 BRT

为了她

准时抵达成了他生活的

全部目标

第一单

电动车还能在雪地里滑行，

这是我第一次送货，

寒冬腊月，大雪冻坏了高新区，

枝头的琉璃摇摇欲坠，

膝盖从十里外开始疼痛

裸露在雪中的肌肤变得毫无知觉

呼啸声中，去时的路变得异常艰难，

如果不是邮递小哥的愤怒，

我简直无法相信

10 块钱利润就将整个冬天装进了胸腔。

加班

晚上，他两眼放光

对未来的迷茫让他拒绝离去

看门老人距他两米远干咳两声

让他想起了成功人士的背后

千里之堤，始于足下

天黑了

他躺在一平方米的工位旁

开始回忆，日日夜夜，他

总能发现隐匿在陌生城市

无数个萤火虫
就像残存在他体内无数的
毛细血管，红红的，在发光

喝酒

他慷慨激昂，细数对
未来的期望，当下的形势
恰好符合如今的奋起一搏
放下碗筷，强忍手臂的颤抖
望向四周
突然，他眼角湿润，紧紧握着她
网吧通宵，夜晚加班，
冬夜送货，半夜噩梦
不知不觉
袭上心头的无数个过往
突然成了他慷慨激昂最有力的支撑

　　　　　　　　　　　2017 年 11 月 11 日

一月两千

很难想象，口罩、粉尘、碳化硅

在他的体内循环，必须忍受万伏的高压

忍受鼻腔内燃烧不充分的一氧化碳

为了一月两千的工资

他必须像养孩子一样养着手中的铁锯

像大西北沙丘上一簇一簇的杂草

靠上帝的旨意，用泛红的铁锈和雨水

填饱体内的元素周期表

2017 年 3 月 16 日

年关

此时,生活向窗口集聚,
浑身长满盐粒的父亲
已失去重心,摇摇晃晃
火中取栗变得艰难
氽烫、生煎、慢炖,去除多余糙皮
小心腌制,盖坛,封存,
年关将至,
又将是一顿饕餮盛宴,
开坛,取出,小心撕开,
白肉中我曾看到,
在寒冬
父亲的背影被风吹散
犹如巨大的玻璃在货运途中摔得粉碎

2016 年 12 月 29 日

急风骤

如何突出下午的雨声，
我们迷失在暮色之中，
与友人也仅距半尺之遥
雨珠盘旋，
我们抱怨雨声太大、风太急，
无休无止的雨水倾泻
我湿透的肌肤开始回忆
何时何地，
正是在这雨中，我度过了我的青春。

2016 年 6 月 23 日

大霾弥漫

每天都会重复上演阴冷的魔法，
眼睑、下骸、鼻孔、嘴巴大力吮吸，
因生活的压抑而废弃的脏，
工厂、企业、学校被迫运往医院，
何其壮观的场面，仿佛
上帝行刑前的广场堆满欢快的火焰，
肢体的喜剧让语言开始收缩，
他们紧紧地挨着，来自天国的抵抗，
正寿终正寝，那一天他们开始
庆祝童年的蓝天光滑，美丽，耀眼。

2016 年 1 月 12 日

漯河

一

大片的麦田、杨树开始后退,经过
一个春天的爱,它们开始生机勃勃。
月亮还未升上天空,车子还未抵达,
我们已经跃跃欲试,并试图睁大瞳孔
将绿色捕获
巨大的期待比车轮更加急切,
这儿没有好看的风景,也不出名,
在这个特殊的节日不会拥挤,
我们猜测它温暖、空气清新、
人民友好、出租车起步价低。
真好,在一座中原小城——漯河

二

这样的晴是蓝的,浓郁的、大片的蓝。

沙澧河的风吹来，深情、狂野
你无法用波浪形容，它更像是用生命
爱上的女人，安静、活泼，蓝色的、
红色的，啊，你爱这疯狂的颜色。

你开始用音乐寻找过去，
绝非想到远处的云是以何种形态，
爱上天空，近处的水是以何种浪花
爱上堤岸，这大片的绿开始蔓延，
爬上黄昏，以及漂泊于水上的贝，
你的肌肤、脸庞、手指开始沦陷，
这个五月的女人沐浴着光辉，

三

雨水并不知晓它的命运，
人却因它爱上夜晚，静默的黑、
安静的黑、愉快的黑，
所有的黑都让人热爱，
它的声音、颜色让人想起雨水的滴落，
此起彼伏，像前往山顶的云雾。

我们回忆、向往、想象、行走。

绝非妥协于时间,在有限的空隙里,
寻找呼吸、平衡,以及
更深的理解,这是一项巨大的工程。
此时所有的过去开始退隐。
我们才发现彼此还爱着

2015 年 5 月 3 日

交叉旅途

一

我们一起，急匆匆的赶走夜色，
尊重眼前的检疫人员，以防止。
每一个背包里都含有炸弹、雷管，或者刀具。
黑色履带从一端到另一端证明今夜安全。
感谢上帝，我们并没有堕落到烧杀抢掠。
上车前还记得，昨夜夏天的湿润。
所有的爱只是偷借月光的把戏。

二

她只是一个女孩，小的时候是小女孩
现在是大女孩，你能想象她戴小红帽的羞涩，
像枝头的信等待着春暖花开。
没错，她在我的面前，脸色红润，发丝清洁。
黑色的打底裤，甚至已经让自己融入车厢的温度中。

我们互不相识，从未相见。
就在此刻，火车平稳行驶，我们相视，
一次愉快的旅途，终归需要一朵花的绽放。

三

这是最短的一次旅途，让人想起，
含苞待放的瞬间、蝴蝶扇动的羽翼，
或者一次羞涩的脸红，
借来的月光我又还回去，借来的夜晚
我开始不舍，就像我们所有的对视都是
相依为命的一生。
嗯，就是这样，我们用力，
一朵花的绽放达到了高潮。

2015 年 2 月 6 日

在上海(组诗)

水城路

他疾步走着,忘记了早晨的鸟鸣,
在拥挤的地铁上想起了早饭,以及
昨日的梦,塞满整个喉咙的夜晚
真是难以下咽,他双腿紧紧地靠着,
背部倚着银色的空心管,
都是人,他们彼此讨论着未来、哲学和下一站。
对他来说,地铁的每一站都是扣在肉里的钉,
每一声都是大地在撞击天空。

地铁口

每一次都从这里经过,她都会迎面而来,
检查你的每一个眼神是否对未来充满敌意,
包裹沿着沉默的角度,从水城路转移到龙溪路,
这让人突然想起一夜的长灯。

手中的报纸摊开,每一个字都像暴雨而至。从沉默中,
跳出的头条,一跃成为昨日的全部,
那是一只狗如何找到家的故事

河南路

这里是河南路,不是河南。它,
是女人买的黄浦江的鱼,是女人刚
抖落的日子,是一麻袋的夜晚和一火车的人。

虹梅路

夜色从虹梅路走出,
急速而湍急,褪去月光,那是一张
空白的纸,以及温热的叹息。
从虹梅路出去,要一个钟头,
从家乡到这里要一天一夜。

他总是匆匆离开,在温热的土地上,
贴在后背的城市,像大海丧失了波浪。

弄堂

外乡的十字路口，街边的小贩，我的
眼睛直视着远方，抵达，转身，从
一个地方转移到另一个地方，只需要
一双脚的长度，比这更长的是五米长的巷子。
传来的歌声，那是一个中年男人茂密胡须下的精力。
很久以前，他就开始蓄胡，直到他得以走入岁月，
再也没有回来。

不久我就回来

不久我就回来，和起伏的河流对视，
回到你的怀抱，我矮了幸福一截。
鸟鸣的时候，我还在你的腹部舞蹈，那
是一个温热的早晨，你还未睁眼。
我已睡去。昨夜肯定下了一场雨，
在回去的路上已经想到，无数个夜晚
都在迎接今日的早晨。

食物

这种味道比舌头还短，她小心翼翼地

卷起浪花，一个月前忘记的夜晚，
像大海一样汹涌而至。

她想不起那扇窗子，到底
为谁而开，以及窗台上留下的暴雨
和洒落一地的花生豆。

意外

我渴望你的身体，渴望
贴着床边呼啸的风。
那是带有湿热的酒精，以及过期的
夜晚都会被当作云对待，
朝霞满天，早晨，鸟鸣如洒落的骤雨，
在洒满梅花的腹部跳舞。

2014 年 7 月 20 日

存在感

她先是打开
收音机,把声音调到最大,
用金色的戒指抚摸机身的纹路。
通电话时大声地说父亲病了,她要
在路上嗑会儿瓜子,以消磨她
最后的沉默,在火车上
飞速前进。

红色的指甲闪着亮光,腿伸到
对面,让人想起,浑身是病、毫无知觉的爱人。
接着,她将银色的手镯捂在一个黑色男人的耳边,
一定要盖过列车员的提醒,声音一定要大。
明天就到了,是不是?

2014 年 5 月 19 日

黑色傍晚

黑色 SUV,地铁口,我们总是错过。
傍晚时分的空气倾泻入河流。
轿车将受到损害,在任何一个地下停车场。
那些华丽的门面,甚至比黄昏还要悠长,
我们的信心,比昨日的叹息短。

要了两碗土豆粉,好不容易,再
迟一刻,我们就进了那家 6 元米皮店,
比这家整整便宜 8 元,如果选择,
我相信,一朵云的价格,都要
比我们一年的汗水珍贵。

如果我没有把那半碗土豆粉给你,
这绝不是我们的作风,我们甚至
早已用惯性生活,在任何一个
风口上,我们都是用命
卷起浪花。你肯定心满意足,我的父亲。

这是一个美丽的黄昏。

2014 年 5 月 19 日

流于空白

白色的地铁一摇一晃。
他们沉默、面无表情，手指
紧紧地卷着银色的空心管，
让人想起南方的雪和淘空了的沉默，
密密麻麻。

雪下的时候，都在跑。在炎热的
今晚，我难以理解对面的你，白色的
运动鞋、灰色的牛仔裤，以及银色的手机。
这样也许我能将其理解成一股风，
贯穿黑夜，在沉默中开花，我真是
顿悟，一闪而过的广告牌，提醒着下一站，
我们在终点的扶手梯边离别。

向左，向右，我们似曾相识。

　　　　　　　　　　　　2014 年 5 月 19 日

赠毕业季

雨水冲刷掉夏日的最后一点稚嫩
同样，没有人比我们更懂得人生一世，
草木一秋
当鱼尾纹再次呼唤的时候
我们早已泪水滂沱

一声细微的叹，如鱼潜水底的穿梭，如
荷芽破淤的疼痛
是的，我们的离别看起来
像绝处的逢生

那些"再见"绝不是符号，更像是断了
无数次的句子
它的每一个的停顿
都在我们的内心紧紧地收缩

你绝对想不到，也无法想到游戏结束的时候
总会叫喊出"Game over"

而我们才刚开始

2013 年 5 月 29 日

村庄以外

五月,一个草长莺飞的季节
这个季节在山涧、石头、树林中
受孕生长,顺带着村庄的炊烟从青瓦处
飘得远远的,挟裹着疲惫的尘土
安静地向母亲说一声告别,就
往城市工地上的哥哥的梦中跑去

它静默不语,只是引起了一连串
关于母亲的记忆,像小桥流水一样
弯弯曲曲汇入脑海
无声无息地激起一个漩涡,漩涡中
一个草长莺飞的季节陷得很深很深
哥哥翻身把头埋进了枕头
就像陷入了温柔的五月,母亲的白发
像麦子一样,疯狂地长了起来

2013 年 5 月 29 日

故乡(组诗)

那边

上海那边应该冷了
父亲告诉我,那边的星星
仍然是闪亮的,那边的大地
仍然是坚实的

那边的票子和这边的票子是一样的
每一张都紧紧攥在手里,过目不忘
他帮不了大忙,够不到达官贵人
但在生存的大事上他竭尽全力

秋天过后是冬天
每次,当我说出"注意身体"的时候
我的牙齿就颤颤巍巍
在夹缝中吐出风,里面塞满了疼

这边

这边很好,几万张面孔在秋天里启程
繁星满天,日夜兼程
为了抵达,择日不如撞日
每个角落,他们将吐出的叹息
留给家乡的土地
他们宁愿客死他乡,宁愿
死于非命

树木、花草、锅碗瓢盆养育了他们
他们的想象建立在难以忍受的生存
之上,是一片废墟,他们踩着刀子
逆流而上,在血淋淋的大地上开着
关于光明的读书会

昨日走过故乡

昨日走过故乡,面朝黄土的背影
在夕阳中吞噬着,玉米、大豆里
藏匿的光阴
从十几年前开始,他们就卑躬屈膝
河水上涨,树木繁茂,鸡鸭成群

老去的只是他们的皮肤、手指、脚掌
在陡坡变缓的地方开始加速
命令身体,以弓形的姿态向前,向着
阳光的地方种植麦子、蔬菜

老房子后面的鸟鸣和果树在皱纹丛生的夜里
住进了他们的梦
叽叽喳喳,在比生命更深的地方
安装扩音喇叭,呼唤过去没有白走的路
没有白过的桥,没有白养的娃
在牛棚的木柱下,小心地拴着他们的梦
生怕在今日的黄昏时,他们蹚不过
这道坎

我从河流里走来

我从河流里走来,故乡的柳树
留不住远去的背影
对狗来说,认家,对人来说,认命
鱼儿能在沙颍河里逆游,显然对于父辈们
几无可能
他们驮着死寂的黑夜,悄悄从羊肠小道出发
路过破碎的瓦砾、泥土和草地

从妻儿的呼吸声中逃匿,隐藏到
祖国的腹中

小心翼翼地将钱交到娃的手中,包着
城市铜绿色的玻璃纸,走在路上,看到
一闪而过的轿车
他们的双腿却从未如此坚硬

我的母亲在家等着

我的母亲在家等着,等着父亲的消息
等着我的消息,等着妹妹的消息
她只有等,等是她的一生,是她的生命
她在青春年华的时候等待丈夫
她在神圣时刻等待着儿子的降生
她也将等待着女儿出嫁、儿子学业有成
她也将双鬓染秋,耳目失衡

在有限的一生中,她在无限中等
她用粗糙的双手、弯曲的腰背、深夜里的哭声
等待又一天的黎明
她从不惧怕等,因为等,她看到了
生命,看到了一条羊肠小道上坚强的背影

看到在鱼逆游的时候,眼泪的无声

2013 年 10 月 30 日

写生（组诗）

归途

两个村子之间
是大片大片的枯树
落叶燃尽了最后一个年轮
向前走
一脚一声呻吟

远远地望去
从北面一直到南面
风灌注的铁链
硬生生地将巴掌大的坟头推向深渊
被夜色深深的掩盖
哭泣、呐喊

我是一个被寒冷包围的人
从不喊叫

沉沉地走着
像预先计划的一样

到达

在抵达另一个世界的拐点时
一声声沉闷的声响
在另一个世界里放声歌唱
推土机掀起一口棺木
从上天沉沉的坠落
压碎死去的魂灵
挤压着生者的惆怅

大娘说,这合理吗
大爷说,这合理吗
众人说,这合理吗
半平方米的地方
埋着两个一米八的人
沉沉地睡去
像原先计划的一样

我不知道怎么说
像金子一样的沉默

医院

它像一声嘶哑的长啸
刺激着冬季的耳膜
一群一群害病的人
排着队、挽着手
在落木无声的早晨
静悄悄的

这些人都和我无关
无非是妇女、婴儿和学生
他们用大把的泪水
换取大量的盐水
互不相欠、乐此不疲
我从没有过太多恶劣的想法
只是有点好奇

医生坐在办公室里
他在等待着他的病人
像在等待沉沉的暮钟
在诊所背后的床上
一声呜咽

宣告他也将进入那半平方米的土地下
像原先计划的一样

土坑

这里曾经泛起一圈圈波纹
有柳树、桐树和杨树
他们默然地互相望着
只有土坑,每天大喊大叫

孩子的童年都在这里洗净
像刚刚刷洗过的星星
用星星喂养池里的鲫鱼
乐此不疲,没完没了

如今这里被黄土埋掉
上面多了一大片白色的石板
如此广阔
吞噬着土地,吞噬着昼夜
光秃秃的
在冬季里撕裂

在石板下面

住着两个一米八的人
像原先计划的一样
静悄悄地
躺着, 沉默

2012 年 12 月 10 日

咏 怀

　　是的，我写诗，而石头不写诗。

　　是的，我有关于世界的概念，而植物没有。

——佩阿索

荥阳手札

谒李商隐墓
——兼赠泽西、万盛、启明

我们驶入一片哀悼之中
商隐路上，一只青鸟开始啜饮你的历史
在言辞的碎石中，你潜在的笔墨闪闪发光
我们的发掘不够彻底，更深处
秋池湖的鱼害了相思病，双飞亭梁上的花纹
被晚唐的落日刺穿，一生的壮志埋进枯柏

何以，我们的步辇迟缓，被一只多情的蝴蝶羁绊
墓冢深深，忽而巴山夜雨
循着傍晚的悠长，淅淅沥沥，朝代更迭的
断裂声从你的体内响起
己亥年，我们如何用缄默祈求满园棣棠的原谅

诗豪园怀古

托起一片秋风、一片怅然
你我缓步于鸿儒亭,犹然记得
贞观九年,拔少年剑,举千古目
胸中春秋荡漾,意旨天下苍生
酣然而至,斩断历史藩篱
英雄皆出壮年,用大唐丈量命运的高低
可乎?

归隐岛湖有白鹤,欲展翅,水面涟漪飞溅
卷起内心的黄粱,何承想,贞观二十一年
竟不得已手握失败的丹青,秋水催促
你的忧心,与宇宙比
沧海一粟,人之所能也,治万物也
不止江海,何以被溪涧所阻

荥阳手记

从字典里掉落一队秋雁
它们一字排开,啄破黄昏的阴影

这里曾栽种着帝王和土地

这里曾拥有泗水和蝴蝶

战争被蝉鸣褪去,美丽的妇人迷路
它们是房屋、石头、战车、人类——想喝水
只有遮住晚霞,它们才能活着
一切都消失于历史的权谋中了

而我,越发
对荥阳,挂在风中的一个小小的住所
感到满意

荥泽大道

白蜡、云顶松、红叶李
云冠上的植物,纷纷跌落
秋水将至
闻兄圆润声音,黄河敲打镜中的碎片
大禹于荥泽分大河为阴沟,东南之水
我的嗓音无法抵达,这历史的浪花

我欣喜诸兄对江山的看法
它大概是母亲的拥抱,空气中
和风从远处袭来,短暂的音弦

故事细腻,一小碗黄河水足矣
畅饮五千年,不值得新奇,所有
对失败的垂青,在这里都微不足道

2019 年 9 月 12 日

商丘行歌

商

我们将沉默锤进胸腔，是时候
击鼓传花，袒露心扉
玄鸟衔来旧日的山河，仓颉造字
燧人钻火，谁承想登上中原的鹿台
我的大商，三千年的梧桐
寄居于断裂的城墙
我们惊叹于玄鸟湖的鱼、阏伯台的风
是什么让我们如此相遇
沉默正在形成浩瀚星辰

丘

观四神云像图
青龙、白虎、朱雀、玄武
首尾呼应，我们沉溺于

岩石底下历史的循环

这让我想起大汉的威仪

用两千年重铸芒砀山的言辞

去想象，地下的金玉、陶俑和长矛

一个王朝的象征被盗墓者发掘

一枚枚精致的钱币，闪烁着权力的星光

谁人不曾是大汉的子民

谁人不曾是墓室的尘埃

行

我们谈大汉，谈历史的朱砂

我们是大象身上的紫荆痣

我们过应天书院、张巡祠、归德府

我们念"先天下之忧而忧，后天下之乐而乐"

此刻，我们便是庄周，我们便是蝴蝶

我们便是蝴蝶的翅膀，是翅膀上的风

只偶尔，我们静下来，坐在汉宫

我们变成了濮水里的一条鱼

歌

皂角低垂,桂花深藏
玄鸟湖的鱼驾驶秋风转瞬即逝
从拱阳门向西三百里
龙牙花开得正旺
李白、王勃、杜甫、李商隐
半个盛唐都被梁园所获

此刻
金戈铁马,对酒当歌
忘却睢阳、宋州,忘却墨子、庄子
无须化蝶,无须借风
仅一次肺部的运动
便能统治整个梁国

2019 年 8 月 10 日

周原

岐山的齿轮之间,金钱豹与双肩雕

不再是兄弟、伙伴,抑或

战友,而是天地间的一滴精酿

让水溶于水,风鸣溶于风鸣

我们讲述,旋转的悖论和喜剧

生活和婚姻的内在,以及可遇不可求的放弃

恢宏的历史术落脚于,一碗

饱含饥荒的臊子面,此刻

西周正剔除它多余的抒情和忧伤的曲子

可怕的是我们,我们的步伐

正在填充历史的呜咽,无情的

也是我们,我们对爱情的无情

对阴阳的无情,都将

埋葬在人性的刀光之中,一种

痛苦的抗争,抑或一种

对失败的迷恋,啊,五丈原的惊魂

2019 年 6 月 18 日

木兰祠

织布房响起战马的呼啸，而
塑像前，孝烈将军正用塑料花
为父母松绑，替父从军让她
在营廓，商丘的腹部，有了个十元的立命之地
套圈商贩、乡村海盗船，以及一个半瞎的老人
用最后的勇气兜售生活的喜剧，不远处
文身的小镇青年望向隋时的碑帖
坟茔中埋有断裂的松木，谁能
代替巾帼的叹息，无能的木马
正托起这个时代的欢喜
几只飞燕掠过陵园，白菊从虚无中长出
多么宏伟的宫殿，却在现代的断壁残垣中
苟延残喘，我们无须介入，只是用细碎的嗓音
唱起，"我今年三十，可是我还没有媳妇！"

2019 年 5 月 3 日

云台

胸怀化为云台，激荡八百年风云
虎瀑之下，兄弟中残存的醉意
动人心魄，故事从昨夜开始
我们举杯，庆祝迟到的江山
嘴角垂落的酒线
勾起我们体内的流水
如此意外，我们消除云上的阴影
沉溺于纸上的山水
我们抵达修辞的黄昏，剥落石头上的春秋
没有人读懂此刻的人生
正如同
没有人拒绝此刻千山的热情

2019 年 4 月 27 日

关帝庙

我去的时候，它已冷冷清清的了
四周杂草丛生
门口的石狮目瞪口呆

福寿塔，一只麻雀刚从光明塔飞来
为了配合冬日的萧瑟
竟也展开双翅
送子殿的福音被鸟鸣代替

这里曾是大谢村的一部分
2015 年，它被从子宫内摘出
忽闻隔楼幽唱：
"山河破碎遍体伤，中华儿女当自强！"
哈哈
不时，有阵阵梅香传来

2019 年 1 月 27 日

厚山

何时,这里被诗人所豢养
越杏坛,情人坡,山上的石泉
发出飞鸟的鸣叫
朋友说,这里是无边落木萧萧下

此刻,眉湖的冰正在消融
红丝带被映月潭的鱼识破,行人如织
那是无数向北而望的心灵

我看到,崖上的泉水被连翘所堵
大片青苔正向学校蔓延
没有人此刻怀疑
无数心灵,正得到远方的抚慰

2019 年 1 月 22 日

鹊渚

步入秋色，白露挂满鹊渚

从早雾中无法辨认鹤庐

只看到渚岸边

一只鹊扇动薄雾，黄昏轻柔

我们讨论大汉、盛唐、明清

你能够想象到

商贾云集、才子佳人，像三河的云

陡峭、富裕、黏稠

"这是多少年的酒啊！"

八人成行，仅一支"黄山"的工夫

我们便吐出了整个春秋

2018 年 11 月 12 日

伏羲山

越醉亭至会盟，一支"炫赫门"飘出的甜
浸润晋楚的风云
向东望，八百里尘与土
修辞已追不上潇湖中的鱼
唉，我的春秋
梧桐上的风鸣飞入黄昏
陈都距今不过三千年
晋楚争霸，烟云际会之地
而我，却看到乱石之中
远去的晋静公和风而望
在这秋日的草龙下
谁才是真正的韩赵魏

2018 年 10 月 4 日

袁世凯故居

车驶入王明口,袁宅孤寂
衰败的秋天陷入暮色,从白露中
依稀能够辨认出旧时的帝王之气
1780 年,郭夫人忍丧夫之痛
经同治、光绪,恪守陈州名门家训
终使五子及第、入仕,奠定袁氏
百年基业,人声鼎沸之中
五人看到洗心亭的容庵
形容枯败,身形消瘦,像荷叶塘的
涤生,闭目四望,芙蓉花开
那一刻,像星星一样灿烂
仿佛永远无法消逝
昼夜轮替
大泽龙方蛰,中原鹿正肥
北上,入朝鲜,练兵小站
升总理内大臣,笑傲群雄
历史总是这样
水丁香被秋天捕获

仿佛永远在风中摇曳

2018 年 10 月 3 日

黄河逸园

愿我们永远走在人前
皱纹安详，如远去的船帆
木瓜的叶子嫩绿、向上
在秋天左右摇摆
我们的话语穿过风
开始变得细小起来
整个天空仿佛沾满了水

我们允许每一个早晨
每一个充斥鸟鸣的黄昏
像草木一样生长
如无意外，它会和我们一起
叶子长了又落，花开了又败
天空永远湛蓝，湖水永远清澈

2018 年 9 月 27 日

青天河

抬头望天，月明星稀，此刻
相聚于流水之上，
击石成花，打结的舌头抵达未知
触摸，并彼此关照，小心翼翼
吐出蒸腾于体内的云
略施冷箭，以此规避过分的冷
我们相谈甚欢，忘却一草一木

放浪之上，三姑泉、佛耳峡
隐没于修辞后的鸟鸣，鱼贯而入
是时候了
酒肉穿肠过，并以此为借口
让我们结拜兄弟，走入黄昏

2018 年 9 月 10 日

黄果树

如若早生,你必遥想万历十四年,
待及成人,
走江赣、湖广,抵云贵,
手持木仗,惊异于飞流直瀑,
蒸腾之处,水融于水,浪花融于浪花。
霞客跃石穿行,金禅子、紫薇、黄果
垂挂于黄昏之内,
山内空无一人,远望水帘
定难猜后世罗贯中何许人也

乱石之中水煮人间,忧愁、苦闷、压力
如浪花飞溅,沿石而泄,
父兄、亲姊,此时,
长歌者当歌,相互热爱,彼此拥抱
身体内,盐水堆积,
用乱石筑成的人生终将
坚不可摧!

2016 年 12 月 28 日

梦溪园

城中竟有这样一个去处，
远离闹市，云淡风轻。

亭台处几棵古木，水中几只锦鲤，
我看着它们自在地游动。

快要垂下的晚幕让人开始怀念
从前慢的时候，

我们都是有心人，
在这园子里能找到瓜果和蔬菜。

2016 年 1 月 19 日

登嵩山

这些鸟鸣、清泉及花间虫兽，
从早晨开始从石后涌出。
来不及修辞已高耸入云。
此刻正当远行，忘却镜花水月。
热爱一草一木，虚怀若谷。
如若于观内饮酒纵乐，
理应与白云、高山、流水一道
若鸟鸣不是句号，
修辞理应比卢崖更长。

那因生活而生的疲惫、
焦躁，因行走而生的不安，
都因秋风而落满积叶，所有的
挨冻、受困、痛苦、眼泪，
甚至因爱而生的恨，因
厌倦而迷茫的心，都因静寂的
风而显得微不足道。

2015 年 10 月 8 日

人物志

所有人在棺材里都一样。

那就让我们在生前有不同的面貌。

——布罗茨基

社会学初学者(组诗)

造物社会学

我的身体分为两部分
一部分给了隐忍、平凡和对未来的渴望
另一部分将阴影留给了第一部分
我称之为野心和不甘
同时,我必须练习平衡术
掌握艰难的话术正如掌握复杂的人际
谎言以及行动都在反抗,不公和上司
作为卑微的人,有时必须成为流水
造物主啊
领导不允许你卷起浪花,哪怕一丝涟漪

反抗社会学

看到他嘴角卷起失败的酒线
一手缔造的金钱帝国,终将惨败在

失眠、通红的额头以及高血压上

一切来得突然，瞬间

体内奔腾的浪花和云朵

就蒸发掉了，中年危机像极了

盘旋在头顶的错愕，王总

您的一日三餐都兑换成了五粮液

这是您的发票，祝您

酒是粮食精，越喝越年轻

唉，这样的日子日复一日

空心社会学

光线刚从海拔两千米的高空坠落

三杯精致的酒液已妥当，一圈刚好

二十一杯，对天、对地、对自己

良好的口技，"三杯酒，满满添，

保佑我那小六早成仙，保佑我小六喂！"

空心社会学，像沉默，是体内的一根肋骨

每次练习，都必须忍受剧痛

我尊敬的领导，你的糖尿病

和喝酒没有一点关系

关系社会学

和他见面，必须用五星级酒店和"奔富"作为铺垫

一览无余，整个郑州握在手里的感觉

真是，迷人而又温馨

采访短暂、无效、例行公事

顶层玻璃大会议室使得窗外的霓虹更为耀眼

我们陶醉在精致的话术中，就像

一次邂逅，空气甜蜜，充满合作的气味

主座上，他微笑询问是茅台还是法国西南

这些可爱的嘉宾，非常希望

用茅台询问他的身体状况，哦

您是否还随身携带，那些浑圆、淡黄

充满魅力的

速效救心丸

钦佩社会学

我非常钦佩你，暗箱操作、塞钱、送礼抑或

谎话连篇，诱导、分裂、权谋

你无所不能，这让我觉得，苦读《厚黑学》

完全失败，酒桌上，你用茅台和《庄子》

八仙过海，斗转星移，逍遥化蝶

这些顶多是你身体里的几朵浪花
你说,做人一定要海纳百川,虚怀若谷
才能纵横天下,笑傲江湖
哦,这些又加深了我对你的印象
完全出乎意料,一条条精致的鲍鱼
在你的嘴巴里不断被咀嚼、摩擦、奔跑
化成一条条飞龙

人间社会学

我必须忍受沉重的睡眠,医院里
沉默代替绝大部分希望,就在昨晚
酒精如何将我体内的血液逼到嘴角
沉默的羔羊无法排遣夜幕的低垂,送走了
一个又一个黄昏,可怕的山东人
他们顽强、坚硬,强烈要求
一杯接着一杯,一圈接着一圈
对不起,你不能耍滑、跌倒或者离开
即使你言不由衷也将受到惩罚
你是鱼肉,他们是刀俎,不
你们都是鱼肉,你们都是刀俎

2019 年 5 月 5 日

27 岁

天早早覆盖了楼宇

裂缝的光托起肉身

二十七载,有了车,有了房

饮起虚伪勾兑的劣质酒

也曾忆起嵩山的白云

硕大、丰腴,无所不包

明月松间照,清泉石上流

飞流直溅的黄果树

散发金蝉子的光

而此刻,地铁呼啸而过

无数个陌生的面孔

变成了你

河流由东向西,奔腾不息

2018 年 7 月 27 日

销售员

推杯换盏，觥筹交错，
应在意料之中，首先，
互换名片，自报家门
然后称兄道弟，称赞彼此的事业
那是何等的饕餮盛宴，
他们走入彼此的生活，交流
大自然、美食和旅游

再没有更合适的时间让他们成为兄弟了
如果不是一个人迟到了一分钟
哦，恰恰就是因为这一分钟，
就只能看着他成为别人的兄弟。

2016 年 12 月 20 日

25 岁

再次见到我的时候是在一个格子办公桌旁，
文件夹、茶杯、鼠标垫、旋转椅，
远离坏天气和令人生厌的昨天。
人倒挂在衬衫和领带内，像
生气的闹钟，每天都和一群人一起，
按时打卡、吃饭、QQ 互通消息，
总之，为了钱什么都干。
做一个梦越来越短，做一件事
越来越长，还有迟到的灵感，
以及许久未见的朋友，
他们统统和我一样，在 25 岁，
无一幸免。

2016 年 11 月 10 日

买房者(组诗)

房子

凌晨一点,这里已拥挤不堪
这是弱肉强食的社会
他们陷入迷失
目光下垂,上扬,下垂,上扬
拖家带口,啜饮拥挤的空气
他们焦灼,困惑被一次次的
失望埋没,黄土里的儿子怀揣着
皲裂的手、干枯的下巴以及
一生的辛勤
越来越急迫,脸色凝重
裤管开始摇摆,他抱着的头
突然昂起,冲了出去
一生的希望迅速在人群中
打开一个通往未来的通道。

面对

我和女友挤了进去，
很多臀部向我挤来
我得面对这汹涌的大军
他们来自四面八方、赵钱孙李，
商丘、驻马店、周口、平顶山……
争夺郑州的战争愈演愈烈
这让我想起"得中原者得天下
得郑州者得中原"的说法
很快，所有的情况开始表明
这样的说法既深刻又现实

他就这样回去了

他距我两尺
因为近，我能闻到他身上常年的汗味
也许他是一个快递员、送货员、司机
一个每天折叠于郑州的细胞
他默默低着头、捂着脸
选房快结束了
是什么击中了他
他的裤子开始湿润

像因为热而出的汗

2016 年 9 月 8 日

巨人

他走进一个五金城，接着又走进一个
买一瓶水，接着又买了一瓶
向一个陌生人说话，接着又走向下一个
从包里拿出一沓宣传单，接着又拿出一沓

昨日 44 摄氏度，走了八个五金城
今日 40 摄氏度，走了五个五金城
目前，距来时，脚底多出了几块血红的肉
肩膀多出了几道勒痕
他一瘸一拐地想象着
他的父亲、爷爷、祖父
在年轻的时候必定也经历着这些

2016 年 8 月 20 日

老朋友

许久未见的朋友一块儿坐
说,过去真美好
时间过得真快
那个谁在当幼师,那个谁在读研
那个谁要出国,那个谁在卖保险
那个谁在卖鞋,那个谁在卖空调
嗯,不错,不错

然后是哈哈大笑

2016 年 8 月 7 日

小贩

那个小贩,那个站在暮色中的小贩
必须用满是油污的手
托起生活的形而上
下坠的词语像天桥上的人群
交换的是彼此的沉默
是时候卷起袖管擦掉汗水了
是时候加快速度了
只有这样,沉默中的生活
才会升华,像书中的形而上一般
让知识分子看到、歌颂、同情

2016 年 6 月 12 日

农民

他们闲庭信步，
谈论已经分到的房子、现金和
将要到手的一切，像历史中的所有农民
一样，他们皮肤黝黑，
没有税负，游手好闲

他们谈论在研究所、写字楼、办公室
工作的白领，真羡慕他们
拥有一世追逐一套房的权利

2016 年 6 月 3 日

社畜

每天这辆车都会从这儿经过，
年复一年，日复一日。
将衰老、痛苦卖给惶恐、焦虑，
卖给从它经过的每一个人。
我坐 8 点 18 分的车，这个点
恰到好处，每到这个点，我就看到
所有的人涌进去，这条大河啊，
所有的浪花都需要碰撞，
每一次短暂的停歇，都让我想起
白鸟的尖叫。
它嘶哑、明亮、遥远，
这个时候，水流开始涌动。
谁又能漂向远方。

2015 年 6 月 7 日

与自己对视

一

我提前原谅了自己，
深秋夜晚的行人、不省人事的酒鬼、
出卖虚弱换取金钱的机器。没有人理解，
他面前的一块玻璃，所有的镜像似乎在睡眠。
有时，他会望着里面，渐渐模糊的霓虹
开始出现，这个时候地铁的声音响起，
所有人整齐划一向前，像一块铁石

二

我已经忘记修辞、标点如何写，
一篇锦绣文章变得艰难，起初，
我以为我应对自如，然后开始焦虑：
白雪为何是白，红花为何是红，
从看得见到看不见，从听得见到听不见。

很快,心脏也开始停止,疼是什么?
最后迫切地想知道,疼他妈的到底是什么?

三

很难想象回到过去的感觉,似乎,
在未来被榨干要好很多。
假如非要忆起朋友、爱人、家人,那心脏
就会跳动一会儿,将命运比作鱼
要比将命运比作帆好。
每次想起乘风破浪就会想到
"如鱼饮水,冷暖自知"这句话,像过度消耗的午后,
蝉鸣出现的时候就开始了疲惫。

四

我的朋友都叫我诗人,是真诗人,
每次听到我都感到刺耳,像太阳落山的悲凉。
对,美人迟暮,英雄末路。
如果这是种悲壮的话,我想我的感觉绝对不是这个,
往往过去,我的诗会有欲望,想喝水,想和女人做爱,
想出人头地,可是突然什么也没了。
它像是做贼心虚,开始隐瞒姓名、出身、目的、结果。

它只保留花开的瞬间。

2014 年 12 月 20 日

女人（组诗）

出租车里的女人

她跳动着破浪般的火
像一条冬夜里的鱼，逆流而上

成熟的果实从云端跌落，踩着
五彩的霞，和一个男人
接吻，咬着嘴唇，舌头往上
口腔里的甜，像辣椒一样

向前，向着车行的方向
向着深夜和爱，和句号告别
没有一个女人和男人
不会从夹缝中，寻找
一线希望，像云一样

看电影的女人

花瓣凋零,在入冬以来的
某个日子重新开放
啊,你可真年轻
皮肤吹弹可破,等待着日子
前来收割

所有人都在黑暗中点燃
嘴唇里的一把火
噗,接吻吧,男女同胞
不要犹豫,不要矜持,不要
在黑暗中忘掉,嘴唇里的一把火

公交车上的女人

我们去乘坐最后一辆班车,大概
这是我们第一次同行
投币,上车,站在一个角落
我真希望一言不发,从起点
到终点,啊,叽叽喳喳
就像刚刚远航而归的水手
随时迎接岁月里漂来的浪花

直到今日，我还觉得不该说，
不该问，不该笑，不该
流露真情，不该在激情里留下
深深的泪痕

野花香

夜里，和我一起望向北方
纷纷扬扬的雪花
掩盖住野花的香，每当
想起那晚的吻，我就看到
从岁月中高高悬挂的月亮

薄唇，红颜，酿造的光
眼尾纹上的女人
跳动的火焰，一起爱上的北方
再一次，以夜的名义
换错了行

忘掉吧

忘掉吧，冬夜里的云

以及某个光明日子里的女人
她是女神,是野菊花
是无法忘却的闪电,忘掉吧

没有不能忘掉的,即使她是女神
即使你们曾同床共枕,即使你们曾
水乳交融,即使她是无法忘却的闪电
即使你们曾经历春夏秋冬

忘掉吧,没有忘不了的情

2014 年 2 月 8 日

水果妇

每天，她都在角落里
旋刀时上时下，试着剥开
生活里的点点滴滴
任何事情都无法激起涟漪
只有人来人往的脚步能让她
不时抬头，打量傍晚的悠长
那是怎样的等待
仿佛这里的一切都被风声带走
巨大的沉默日复一日

2016 年 4 月 3 日

上班族

这里出现的声音
搅乱了胡辣汤、油馍头、菜角的早晨
它猝不及防，跌跌撞撞
仿佛临盆时的呻吟，从生活的内部落下
杂乱无章而又充满活力
这些为生存奔波的人
无论地铁多慢都无法消除
昨晚的失眠和困意

2016 年 3 月 5 日

公关小姐

她热衷于四两拨千斤
从酒里我们喝出了她的略施粉黛、
她的嬉笑怒骂、她的风情万种
在游戏间穿梭
此时，被挑动的鸭血、肥肠
被清掉的拔丝土豆以及嘴唇上的口红
像被挤压的生活
陀螺一样转着，带着任务

2016 年 2 月 1 日

售楼小姐

雨声将地铁消解，
因生活而紧张的忧愁、抑郁、焦躁
顺势无声，浓重的口红及黑色的包臀裙
看起来依然年轻。就这样，
她出卖了年龄、身高、脸蛋，
在这个秋天，只有巷子路口的深夜，
了解她的喜爱，
每当归来便将她狠狠地吞咽。

　　　　　　　　　　　　　2015 年 10 月 6 日

一个失魂落魄的姑娘

就是要,要夜静下来,她要
滚在他的怀里,
点燃最后的悲伤,吞咽大片的漆黑,
她在思考,未来她的所有都会用来换取。
此刻的所有,此刻的所有都透支在火里。
让火再滚烫一些,她就是大海。
一定要凶猛地让船只遨游,
如果不够,那就再凶猛一些,让浪花飞溅,
让波涛汹涌,就是要让水浸润到他,
让他溺死,让他喝,喝个够。

2015 年 1 月 28 日

大龄学生

是啊,他们都在赚钱,和女人嬉戏,
该死的,他们真是太幸福了,
像天上的云,像一缕花香。
他还在玩弄玻璃仪器,将氢离子分离,
如果再加上氯化钠会起什么反应。
绝对,绝对不会比和女人睡更爽。
这可真是个要命的时代,他们都在赚钱,
甚至已经睡了很多女人,
外面真冷,还是要比心暖和。
外面真黑,还是要比心光明。
这个时候,墙壁上的招聘小贴士,
让他开始觉得,顺应时代将变成一件美好的事情。

2015 年 1 月 28 日

二婚的女人

这个羞涩的女人,该如何让自己更加自如。
她开始努力观察这个成功男人。
用细小的心,沿着陡峭的山路爬,
想着路过小腿、膝盖、胸毛,以及胡楂,
他让她直接爬上了山,岩浆喷涌,翻云覆雨。
她无论如何也想不起,那些她要经过的风景,
何其艰难啊,河水上涨,果实坠落,
也许,她这一生也只有一次路途的艰险。

2015 年 1 月 28 日

一个青年的死去

在这晨光中,我沐浴着这光辉。
时间中有树、有风,
所有的鸟雀开始鸣叫,呼唤蓝天、
闪电、英雄以及蔬菜。

夜被风吹倒,被西山口的土掩埋。
声音被物质塞满,不得已出卖良心的口肿胀起来。
这个时候,所有的光暗了下来,
我们听到门口的送葬声,呜咽
像浪花一样涌来。没有人记得村口,
一个二十岁的青年是如何死去的!

2015 年 1 月 6 日

异乡人

若非是黄昏,他无法感到满足。
自从离开乌城,对什么都感到熟悉,
唯独自己渐渐迷失,那些蓝天、白云以及
更深的爱意被淹没。无法否定生活的时候,
只能否定手下的表格、设计图及上帝的旨意。
在某一个午后突然忆起,如果不再努力,如果
你的爱人离你而去,你的朋友死于非命,死于
更深的红尘中,那是绝对的晴天霹雳,
你也将如一张薄纸,在深秋的夜晚结霜,
作为一个淘宝店铺的维护者,
你取悦过的所有顾客都将取笑你。

2014 年 12 月 25 日

午后的男人

他拿起手中的香烟,掏出印有裸体的打火机。
要知道他拥有金钱、豪宅、地位以及家庭。
服务员为他切好牛肉,蘸上椒盐,
为了这午后的阳光,服务员烘烤着,这儿
可真精致。
此刻没有人会怀疑他的品位以及生活层次。
他也绝对不是我们这种人,
他的生活也绝不是我们的生活。
他天生就是富贵的,继承了亿万家财。

他起身迎接迟到的中年男人,将烟掐灭。
这对十多年未见的朋友开始回忆往事,
那个时候,他们还是黑色巷口的小弟,为了
210 块钱的工资起早贪黑,这可真是个
阳光明媚的午后。

2014 年 12 月 14 日

贴瓷工

这是最后一块白瓷,所有的噪声都
一拥而上,喉咙里的啤酒开始上涌,
他摇摇头,这样绝对不行,银色的脚手架
摇摇晃晃,空气里的灰尘塞满口腔。

他开始缓慢的降落,电梯两边的白瓷开始闪光,
切割机的声音开始微弱,
整个广场外阴雨连绵,可这里
是一个绝妙的黄昏,下午一定要搞定。

2014 年 12 月 3 日

文员

这张纸已经耽搁了一下午。脑子里的空白
也已经流失，辞职已绝不可能，
未来要果断一点，以不同于今天。

她为这张纸缺失了色彩而遗憾，为阴雨连绵而后悔，
预知未来的特异功能也已经失传，
如果能在月光皎洁的夜晚做一场梦，
那真真切切能使得自己感动，毫无意义使得
这一切都显得力不从心。
她希望远方能近一点，每每想到此刻，她
总是泪流满面。

2014 年 11 月 8 日

女工

她说,刚去的时候 2800,现在
涨了,家乡的河水也涨潮了,从鸟儿
的声音中能够辨别水流的方向,从西向东。
她说,太热了。去年的时候在肯德基
待一晚,后悔没有吃点东西。

她微笑,脸微红。她倚在火车的灰色窗子边,
眼睛闪闪发光,和她脖子上的珍珠项链一样白,
贴在黑夜里,任风吹。

接着,她趴在桌子上,双手托着下巴,
拖着车厢里的温度,告诉我们。
3520,这个数字和空气一起浮动,和
窗外的霓虹一样,闪,闪动。

和另一辆火车相遇,车到开封。
我看到她的一根白发,和这个城市
擦肩而过,在另一个城市抵达。

河水贴着月亮，月亮贴着黑暗，黑暗贴着光明。

我将《许三观卖血记》翻到第 46 页，
她在喧闹声中睡着了。红色的衬衫
和她的眼睛都亮着。

2014 年 11 月 8 日

报工

每一天我都能看到他，红色的马甲，手中一沓报纸。

他的身高被命运压得很低，他的牙齿比今天的云还要

白。

我们的交集始于我对娱乐版的痴迷，这类似于

豺狼热爱山羊、秃鹫热爱腐肉。在精准的人生中，

我们共同完成一次修辞。这是一个值得热爱的一天，

所有人都和我一样，以同样缓慢的动作，卷起报纸，

将它卷的越来越细，直到，它被巨大的黑体吞咽而下。

有一天，他告诉我："在这里我一定能飞黄腾达。"

我兴奋地走在每一寸光亮的地板上，对红色的马甲我

诚惶诚恐，

我知道，我和他一样，热爱每一寸未被照亮的天空，就

像

热爱我们大雨如注的故乡。

2014 年 11 月 8 日

小姐

我猜想，她以前是个学生，每天都在加速成长，
曾被人暗恋过，去过公园，
在夜深人静的时候，牵手、接吻，在月光下，
在溪水边，在一个开满鲜花的午后。

她绝没有想到此刻的命运，她热爱这里的每一男人吗？
她渴望回家，在每一个夜晚，她要站成一排，脸上的妆
容
像冬夜里的雪，像病句中的逗号，
她知道，她的人生遥遥无期，是上帝的一个惩罚。

她的腰肢紧紧地靠着男人，她说："很开心。"
真的很开心。
没有比今天更开心的夜晚。
跃过今夜，还有一个漫长的冬天。

2014 年 11 月 8 日

凉皮妇

她飞速地转动手中的搅拌器，
顺时针将生活离心，醋、盐及绿色的蔬菜。
在水城路，浮光掠影的午后也有沉重的呼吸，
在绿灯未亮之时，下一碗已经将我的胃占据，
我只看到，建筑工人的离去成为她加速的原因。

丈夫黝黑的脸泛出难堪之色，没有夜晚比今日黑的更
早。
他快速拿出一次性碗筷，将最后一碗如数交还，
交出一个傍晚的沉默，他想追赶人来人往的悲欢离合。
却总被迎面而来的城管打断。

她迅速转动脚下的踏板，他们为今日的逃离而幸福，
没有比此刻的鸟鸣更悦耳的，
没有比此刻的马路更值得尊敬的，
是什么拯救了他们，我知道，
他们的远去的背影正在赎回往日的生活。

2014 年 11 月 8 日

白领

从地铁口走出，左转，右转，扶梯向上，
都能看到歉意的微笑，像石头上开的花。
真是难以理解，举止得体和无耻邋遢、
暗香销魂和臭气烘烘竟如此和谐，以至于
一个人不得不从现实的困境中走出，
以一种绝妙的方式掩盖生活。肌肉绷紧，
双腿紧促，努力寻找一个银色的空心管，
装满一天的沉默。

2014 年 11 月 7 日

搬运工

他跷起脚尖，鞋跟粘着白粉末，在早晨，
雾天让这里像世外桃源，湿铜的颜色
被麻袋包裹，包裹在半尺肩膀上
摇摇欲坠，这是本该抽烟的鬼天气，
他几乎要倒了，对这样的重量他羞愧得满脸通红。

搁以前，这绝不是问题，半根烟足矣，
站起来太简单了，没有比这更容易的事。他
这样告诉旁边的伙伴，
这他妈的是什么鬼天气，脚下的泥水浸润了他的汗。
拿根烟，我抽完再搬。

2014 年 10 月 29 日

合川女孩

她大概是不愿意离开这里的，每一寸绿树成荫
都在为一壶酒做准备，
真的没有必要离开，她漫步于江边
打牌、聊天、吃辣、逛宝龙，
在树木茂盛的时候打盹。

路窄而瘦弱，这更适合步行街的行人，
每吃一次酸辣粉、串串香就更爱这里一层，
这类似于食过一次的爱情的毒，
除了上瘾她更喜欢吞咽这里硕大的白云。

2014 年 10 月 18 日

父亲（组诗）

年轻时代

年轻时代的他，瘦高的个子
几乎将身上的肉卖给了生存
只留下细长的双腿
走在尘土飞扬的路上

那个时候，恼怒就是恼怒
土房子里藏着他那双黝黑的眼睛
他从不遮掩
他都是尽力睁开
望着远方
把烟雾吞进他的肺部

他说，他的两个膝盖
从不给命运跪下

喝酒

他从没有间断过喝酒
酒麻醉过的他的神经
侵蚀过他的肺部
进入过他的血液
他还在喝,他把酒当作汗水
他发誓要把这一生的汗水喝个精光
拍着鼓鼓的肚子,他说:
"看吧,我曾经是个瘦子。"

父亲摔伤的那一夜
母亲匆忙地拿走了抽屉里的钱
一笔无数人摸过、亲过、舔过的钱
她让我待在家里别动
她说我的父亲在医院里

我说我不动
我没有告诉她我的担心
那一刻,夜晚像中了毒
红肿肿的一块噎在我的喉咙里
我不敢吐,也不敢出声
生怕一不小心,就把"父亲"两个字

硬生生地从我的心里挤了出来

他胆子大得不得了

他说,如果没有胆子
他就不会混到现在
我们姊妹三个也会饿死

他当兵的时候,从没想过还有今天
还能享受着四季分明的北方
在大江南北喝着同一种酒
在桌子上情绪起伏

关于这一点,我一直没有告诉他
在我心中,他是一个勇者
我们姊妹三个都不如他

2013 年 7 月 1 日

儿童

他们是由一串色彩斑斓的词语组成的
舌头卷曲的时候，我们总是
叫他们"春日的蝴蝶"

在星星的启示录中
他们充当着
耀眼的光芒

2013 年 6 月 20 日

抽着烟的师傅

师傅用磨破的手指
在时间和机器之间
捅出一条夹缝
叹息留在时间里
沉重留在机器里

一缕烟味从夹缝中流出
师傅用沉默的声音
裹着干咳的血块
吞进肚子里

远处,和他一样的
是他的室友

在同一个时间,同一个地点
两人干咳一声
算是一声问候

2013 年 4 月 24 日

工厂里的女人

巨大的轰鸣声后
露出一双眼睛
她用手抚摸着机器
吞咽着昨日流产的阴影

深夜，眼睛闭上了
一双黝黑的奶子却醒着
隐隐作痛
望着灯火璀璨的远方
本该哺乳的奶子
流淌出鲜血般的眼泪

2012 年 9 月 19 日

底层人

我是一个底层人
千千万万个人在我的头上踩踏
他们吐痰甚至小便
我一个人
在茫茫黑夜里探索未来的路
我唯一的优势
就是有一颗永远向上的头颅
在白昼未到来的时候
努力地向前迈步

一步,两步,三步……
天堂的阶级永无尽头
千千万万的人仍在我的头上
他们偶尔投来毫不在意的一瞥
或者投以深深的厌恶
有时他们穷凶极恶
有时他们像一群恶狗
也许,他们唯一的愿望

是噬尽我的骨头

我在他们的阴影下
昂着满是伤疤的头颅
一步步攀登
一步步行走
唯一的渴望
是看到未来的光芒
可是
当我看到太阳升起
我却倒在了他们的身后

2012 年 7 月 2 日

农民的儿子

你要永远记着你是农民的儿子
你从小穿着泥土做的鞋垫
你被邻里捏着脸蛋长大
在城里
墙壁割开了你
露出一大截口子
那里淌出的是无奈,是病态,是冷漠

你从人群中走过
你想亲吻城市的眼睛
即使上面布满血丝
你贪婪的嘴唇绝不会放过鲜艳的东西
但,它割开了你的嘴唇甚至你的喉咙

你记着,你是农民的儿子
你穿着军旅布鞋
你戴着父母编织的围巾
即使它不暖和

但它来自农村
上面刻着泥土的精神和灵魂
有时它像星星
有时它像梦想

它比城市要好些
在城里
没有围巾
没有梦想
只有城墙
它吞咽着农村
它用冷漠把农村围住
它会把你憋死

2012 年 6 月 19 日

口　语

口语创造的是一种事实的质感。

COVID-19 时期的爱情

大年初一

大年初一,媳妇发热,她吓得不轻

以为得了新冠肺炎

我驱车 600 公里去接她

高速路上,空无一人

我一会儿胸闷,一会儿感觉脸发烫

一会儿摸摸口罩检查气密性

才开二十公里就恨不得去服务区喘口气

我怕死

我们还没结婚,说好要一起去日本

终于下了高速

我感觉胸口像堵了一块石头

突然听到窗外一阵喧哗

原来是在举行婚礼

锣鼓喧天,鞭炮齐鸣

主持人激情洋溢,声震天地

这是个歌舞升平的世界

这是个美好的世界

老太太、老爷爷挽着手

嘴里呼着白气,大喊

好啊! 好啊!

我摇下车窗

啊,为了爱情

怕什么

检查

待在郑州的小家两天了

媳妇天天量体温,吓坏了

白加黑、感冒灵、布洛芬

罗红霉素、VC 银翘片、阿莫西林

我怒购数百元

媳妇怒吃一大堆

体温一量,还是发烧,看到新闻就哭

拿来纸,我要写遗书

万一我死了,就把房子、车子、票子都给你

我说你别哭了,我要咳嗽了,还头疼

她如惊弓之鸟

每天我们都自我怀疑、互相怀疑

胆战心惊,泪如雨下

要不我们去医院吧

不能去,一去就得隔离,一隔离就是十五天

房贷、车贷谁还? 咋还?

万一在医院交叉感染了呢

打了 12345 市长热线又打市卫生防疫站

打完全国公共卫生公益热线又打发热门诊定点医院

有的说,你没事,多喝水

有的说,还是来医院检查一下,万一得了呢

有的说,要是确诊了就把你送去隔离

媳妇越听越害怕,越害怕越哭

那一晚,我们戴着口罩,小心翼翼开着车

来到发热门诊

医师戴着护目镜,里里外外,包得严严实实

量体温,消毒,消毒,量体温

排队,互相提防

终于验血了

结果终于出来了

医生说
没啥事
一切都正常

那我的体温怎么老是这么高呢
是不是在潜伏期
是不是还没有发作

面具下医生露出意味深长的笑
要说有病也有可能
可能是臆想症

憋了十天

我们在家憋了十天了
干粮越来越少,冰箱里只有最后一条鱼了
干果、饮料早已团灭
我已经十天没吃肉了,太难了

媳妇,你说我这诗怎么样
起码比歌颂体强吧
大时代下关注小人物,是不是不错

我急切地问
媳妇看着我，又看了看手机
突然
她怒吼：
我想吃蛋糕！
吃蛋糕！

2020 年 2 月 20 日

爱情

我在给她读情诗
这是我写的最好的一首情诗
写给她的

她扭头看向我,啃着鸭头
别烦我,这是我买的最难吃的鸭头
真想把它扔你脸上

呵呵……
我依然爱她

2019 年 10 月 29 日

比如

最近一段时间热爱背叛

比如为了公文奋笔疾书

比如为了上级指示废寝忘食

比如匆忙将理想忘掉

比如不再和父母通电话

比如不再和女友吃饭

这些都不重要

更令人费解的是

我竟然喜欢上了这些比如

2017 年 2 月 17 日

进步

这么多年
我已失去所有技能
比如云游四海
比如在女人面前炫耀能力
比如在大千世界抱有雄心
再比如无数个比如
忆起雪天、风筝,以及雨后的湖面
水波粼粼,芦苇轻抚,
桥上人流如织
除了爱你,我别无长物

                                    2017 年 1 月 20 日

旧时光

那时,我们悠闲漫步,
吃三块五的鸡蛋灌饼
喝三块的芬达
在一个午后
我们
看书,或者
从一个地方走到另一个地方

所有的友人都善良美好
空气里跳动着细碎的阳光
万里无云,我们眺望未来
哪里会有我们的爱人
哪里会有我们的友人
我们走过万水千山
故乡的水从身体里穿过

2016 年 7 月 9 日

恐惧

飞机升起,跃过云层,
气流变化,耳膜疼痛,
一朵花的旅程消失于地图。
我如一只破茧而出的蝶,再也不用
隐忍残冬寒雪,不是每个茧都能成蝶,
不是每个人都能越过寒冬。

可是没有人比我此刻更害怕飞行。

2014 年 10 月 5 日

念佛

我相信,这里将被分成五色
在支离破碎中呼喊你的名字
用绛红色的舌头

那些罪过和缺斤短两的良心
跳动着的音符
会因为死亡原谅我
我知道,我这辈子看到的脏和痛太多
从下水道里流出的眼泪
不值一提

我本想如此平静和安和
走一段不值一提的路
过一段不值一提的桥
黄色的木鱼原谅了我
褶皱的梦原谅了我
我原谅了我

佛祖说，阿弥陀佛

我答，阿弥陀佛

2013 年 8 月 3 日

清明

你死得不明不白
这么多年就图个清净
每到这个时日
你就眼睁睁地看着他们——

踏青的从你身上走过
卖东西的从你身上走过
倒卖旅游门票的从你身上走过
人贩子从你身上走过

爱你的从你身上走过
恨你的从你身上走过

你的耳朵嗡嗡作响
默念
清明,清明

2013 年 3 月 31 日

大地的苦衷

全天下的手伸向天空
跪求安康
嘴里念念有词
昨夜坚硬的大地
早已阉割掉它的一对睾丸
向天空俯首称臣

它含泪哭诉：
不要再剜我身上的肉
我已不是一个真正的男人
不要再把混凝土注入我的体内
我已经不需要你们赏赐的女人
你们不要抢，不要争
不要为了我身上的一点肉
就放火甚至杀人

一栋栋高楼插入我的肺腑
我疼痛难忍

我请求你们

在得到我的生命的时候

让我和你们一样

过一个万事如意的春节

                                    2013 年 2 月 16 日

雨水

早上 9 点，从雾霾里出发
雨水如一把一把的刮刀
从背部
狠狠地插入体内
以百姓的名义刮骨疗伤

从高楼里抽出一把把皱纹
歪歪斜斜
下水道里流出一盒盒药丸
城市已无法避孕

国内已不可能
国外又太贵
那我们就活生生地
在这里生育繁衍吧

2013 年 1 月 31 日

看电影

手拉着手，没有比这更规范的
漆黑的大厅里，我什么也没看见
我吻了你，破涕为笑，满心欢喜
沿着楼梯向下，他们都在相拥而吻
我们什么也没看见
电影的主人公也在相拥而吻
手里还拿着爆米花
我们的脑子已荡然无存

醒来后
我们大骂，我们他妈的干了什么

2013 年 12 月 1 日

餐桌上

跟平常一样,我们几个又坐在了一起
我们互相指责谩骂:
能不能有点脑子、良心都被狗吃了
这菜我们都喜欢,有西蓝花,有肉,还有啤酒
唯一不足的是,我们都没有对象

那玩意是什么,我们都很好奇
旁边有个大哥,亢奋起来
那玩意……既花钱又花力
我们又笑作一团
事后我们想
我们干吗那么高兴

2013 年 12 月 1 日

写诗

写诗的人都是神经病！
我也这样说
我还写，一笔一画地写
作为神经病
我不能让他们和自己失望
我也说黄色段子
或者说句"做梦吃狗屎"之类的话
总之很有意思

2013 年 11 月 15 日

去一个地方

我们该去一个地方
在那里把钱花掉,我记得
天空中一轮明月,月亮下是专卖店
那个时候你笑靥如花,可真美

现在你老了,有皱纹,有白发
还有脸上的斑点
不过,我记得以前
我们根本不在乎这些
我们不在乎我们是否相爱
现在老了
我们在乎

2013 年 10 月 1 日

失落

人往往把最原始的冲动
藏在腰间
就像怀揣着和氏璧
处处找人求和
可是在说话的那一刻
出卖了自己

是的，我别无所求
只想实现我的欲望
就像一个乞丐，仅仅奢望
吃饱穿暖

2010 年 5 月 2 日

后　记

一

　　写诗十年，第一次正式出版诗集，我很谨慎，从十年来写的作品中挑选了这些可能还算是诗的诗结集成册。

　　过去的很多诗所显示的拙劣让我羞愧难当，但是那至少代表了我的过去、我的经历，因此我只能真诚地面对它们，正如我必须真诚地面对自己。

　　至今我都无法想象我会成为一名诗人，仿佛做了一个奇怪的梦，而我竟然是梦中的主角。我曾追溯我的祖辈，想看看祖辈之中是否有读书人的存在，最终我两手空空。我的父母先是种地，而后养猪、运猪，最后跑运输。记忆中，我接触最多的书是《治疗猪病的几种方法》。那时候，母亲经常按照书上的指示给猪打针，而我则从这本书中感受到了文字的魔法。

　　小的时候，我是十里八乡的"害虫"。整天不是上树掏鸟,就是下河摸鱼,我的童年生活相当精彩,但学习一塌糊涂。小学三年级之前我很多次考试都是 0 分,这在我们村也相当出名。三年级后,父母看我马上成"废人"了,就用卖猪的钱把我送进了项城市的贵族小学——星园小学。也许是心智开启了,从此我的成绩开始得到逆转,直到考大学,我都是名列前茅的,但是顽劣的本性并没有多大改变。

初中时期,我跟父亲一起跑过几次运输,去过很多城市,比如合肥、武汉、温州、台州等。尽管路途艰辛——父亲和司机经常在服务区吃泡面充饥,一天可能只吃一顿饭,到了目的地,也只住 15 元一晚的小旅馆,但是这些经历开阔了我的视野,我第一次知道有服务区的存在,第一次走过武汉长江大桥,看到了长江,第一次看到杭州的小洋楼……我把这些所见所闻都写进了我的一部青春小说里,用笔记本大概写了 4 万多字,当时在班里传阅了很长时间。我对文字有一种天然的亲近感,有想用文字表达所思所感的欲望,因此,初中早读的时候,我的朗诵内容总是与众不同,古代的屈原、庄子,现当代的汪国真、席慕蓉,国外的雪莱、济慈、拜伦,他们的作品成为我早读时的重点,我喜欢那些华丽的句子和箴言式的鼓励。

考入项城市重点高中后,我的阅读欲望更加膨胀。那个时候,盗版泛滥,书贩在我们学校后面的老街上铺满了盗版书,5 元、8 元的书比比皆是。《张爱玲全集》《钱锺书全集》《罪与罚》《羊脂球》《红与黑》《废都》《悲伤逆流成河》

《汤姆叔叔的小屋》《希腊神话》《尼采生存哲学》《叔本华人
生哲学》……在铁架子上堆成山。我疯狂地购买和阅读起
来，什么书都读，不分类型。其中《尼采生存哲学》对我的影
响堪称巨大。尼采爆发式的思想碎片猛烈敲击着我的心
扉，让我如醉如痴，我摘录了整整一笔记本，更为重要的
是，书中有大量我没有阅读过的书目。为了阅读这些书，我
特地办了一张借书卡，在我们学校旁边的"希望读书社"将
莎士比亚、歌德、席勒、巴尔扎克、陀思妥耶夫斯基等巨匠
一网打尽，武侠小说、日本侦探小说也成为我的囊中之物，
我用三年时间横扫"希望读书社"，至今我也不知道我究竟
读了多少书，那个时候的阅读存在囫囵吞枣、饥不择食的
境况，我也从来没有做过作家梦，我根本不知道有"新概念
作文大赛"这种比赛，我只是喜欢读书罢了。

　　高中我读的是理科，我的家庭并不富裕，自打出生，我
就感觉我们家始终在贫困线上挣扎，手头似乎从没有宽余
过。那个时候家里的观念很简单，理科能挣钱，能养活自
己。第一次高考我名落孙山，复读一年，第二次高考考上了
郑州大学。当时是希望考上大学后能学习一门技术，成为
一名设计师或者工程师。

　　要说大学之前的阅读给我带来了什么，我只能说两个
字——信心。我从《拿破仑传》《希特勒传》《尼采生存哲学》
等书中看到了成为伟人的路径，我觉得自己就是那个天赋
异禀之人，将来必定雄霸一方，这种想法一度让我癫狂。

二

严格来说，我的诗歌写作应该是始于 2010 年。这年，我考入大学，时间一下子富裕了起来。百无聊赖之际，便写了几首词和绝句，但都不能称为文学作品，只是一些牢骚碎片。

我把精力全部用到年级委员会、校艺术团等组织中了，希望能以此实现我干一番事业的想法。我的盲目投入并没有在组织上得到更好的发展，反而到处碰壁，多门功课挂科。大二时，我开始迷茫，有壮志难酬之感，觉得浑身的力量无处发泄，于是，文学成为我暂避的港湾。

这个时候，阅读开始发挥了它强大的支援作用。我走入图书馆，柏拉图的《理想国》、贺拉斯的《诗艺》、休谟的《人性论》等哲学著作摆上了我的案头。大量的诗歌开始从我的笔下喷薄而出，但是这个时候的写作更多的是抒情，缺乏社会经验的积淀。

2012 年，为了锻炼自己，开拓自身跨阶层的思考能力，我成了昆山台资工厂的一名寒假工。我目睹和经历了 90 后农民工的生存困境和精神困境，这给我带来了巨大的冲击。写作风格急速变化，开始关注底层人士，关注他们的生存困境，直到 2014 年大学毕业，我的写作一直瞄准底层人士。但是此时的写作更多的是一种对写作对象形而上的思

考。2014 年 6 月,毕业之后的我直接成为这些底层人士中
的一员,我的写作开始带有明显的现实沉淀感,在写这些
底层人士的时候同时也在写自己。

从 2013 年到 2015 年,我写了几十首"人物志"系列诗
歌。这些都是我在社会这个大熔炉中的亲身体验,其中有
无奈、悲悯、悲伤和无力,但是我想,正是这样的写作才会
带有明显的历史感。

我所经历的教育和所阅读的书目都不允许我成为一个
自甘堕落的人,尼采有句话:"那不能杀死我的,使我更坚
强。"在社会这条暗礁密布、浪大流急的大河中,我逆流而
上,永不放弃,工作、创业、买房、买车,经历一次次难以想
象的困难,逐渐建起属于自己的事业和家庭。这期间颇多
感触全部化为诗行收录到这部集子中。

随着心境的变化,也出于追求诗歌写作变化的想法,从
2016 年开始,我逐渐将写作对准祖国的大好河山,用新诗
的形式追溯历史,以期达到与古人的共振,体验文字所创
造的古今穿梭体验,以此来表达对历史和苦难的敬畏。得
益于参与的"花鸟诗社"等几个诗歌团体,我对写作的追求
逐渐在内容和形式上有所突破,诗歌中逐渐增加了智性的
比重,在诗歌写作上逐渐突破了旧有的窠臼,进行了多种
不同形式的实验性写作。

三

我一直比较反对中国高校的专业划分。尼采曾经对高校的专业化进行评论：即使上面黄金铺地，它也会把一个人的灵魂压弯。因此我从没有想过一定要成为职业作家。成为一名作家可能需要大量的阅读和坚持不懈地练笔，而成为一名写作者仅仅是作为个人的一项基本技能。一个人的诗歌是胸怀、眼界、内容、形式的综合体现，简单地说就是当一个人达到一定的境界，诗歌自然而然体现的就是这个人的境界，当个人链接的是宇宙，诗歌就从特殊走向普遍。我比较崇尚王阳明，著书立说只是一个士人的基本技能，要想成为一个有担当的士人，生存技能、悲悯情怀、胸怀天下的理想必不可少，格物致知的精神更是必备品。

这就对应了我在前文所说的"雄霸一方"。当然这是小时候的戏言，但是里面多少夹杂着想干一番事业的单纯的理想主义。也因此我从大二开始便投入公益文学组织之中了。

2012 年，我担任了郑州大学九月诗社的副社长，从此开始组织全校的诗歌活动；2012 年下半年我担任了第二届河南省高校文学社团联合会主席，从此开始组织全省的高校文学活动；2013 年我担任了中国 90 后作家联谊会副主席，从此开始组织全国的文学活动。在活动组织中，我边探索，边总结，边发展，逐渐积累了为青年写作者服务的宝贵经验。2013 年我创办了专注于青年诗歌公益的基金——元诗歌基金。七年时间，元诗歌基金举办大小文学活动 100 多场，出版了两期报纸、四期杂志，举办了六届诗歌奖，为在校青年诗人公益制作出版了 300 本小诗集。

即使在我创业期间、人生最艰难的时候，我也从来没有放弃过我选择的愿意为它无私付出的这条公益文学之路，一直坚持组织各种诗歌活动。我相信病树前头万木春、船到桥头自然直，我也相信有生之年，元诗歌基金能够成为有规模注册的基金会，能够帮助更多有梦想的年轻人实现诗歌梦想。

这十年，我特别感谢我的父母和我的爱人。父母都是农民，但他们没有吝啬为我买课外书，在得知我大学期间"不务正业"搞文学的时候没有反对我，仍然支持我；我的爱人，在我毕业之后最艰难的时候不离不弃，鼓励我、支持我，为我出谋划策，与我一路风雨坚持到彩虹出现，更在我大学毕业之后准备放弃"不挣钱，白搭钱"的公益组织——元诗歌基金的时候鼓励我坚持了下来。

同时也感谢那些一路走来，一直默默支持和指导我的文学前辈，邵丽、梅朵、韩达、杨炳麟、夏汉……向你们致以诚挚的谢意。

我自己的公司本身有出版业务。在中国，诗歌出版很艰难，经济社会，诗歌被边缘化，诗集很难拥有市场；也因此更显得那些为诗歌无私付出的各界人士品质的高贵，我愿意一生追随他们的精神，只要有能力，我便会一直为诗歌投入。

在此特别感谢河南省作家协会为这本不成熟的诗集给予的资金支持，使我能够将自己十年的诗歌结集出版。是为记！

2020 年 3 月 19 日